隣の席になった美少女が
惚《ほ》れさせようと
からかってくる
いつの間にか返り討ちにしていた
ill さはみぞれ
vol. 2
くらえっ!!

「私と凛央ちゃんはマックスハートだからね！」
鷹月唯李《たかつきゆい》
“隣の席キラー”悠己にふりまわされっぱなし。
成戸悠己《なりとゆうき》
マイペース男子。
（哀れな被害者がまた一人……）

花城凛央《はなしろりお》
1年生の時に
唯李の隣になった
女の子。
「何をじろじろ見ているの？」

「はあっ!? 今のハメだよ! チートチート!!」

「ふっ、弱い者ほどよく吠える……」
成戸瑞奈《なりとみな》
悠己の妹。内弁慶。

あ、あた……

ほあたあああっ!?

隣の席になった美少女が惚《ほ》れさせようとからかってくるがいつの間にか返り討ちにしていた vol.2

CONTENTS

隣の席になった美少女が惚れさせようとからかってくるがいつの間にか返り討ちにしていた②

荒三水

MONSTER
bunko

言いなり券

東成陽《ひがしせいよう》高校二年一組、朝の教室。

喧騒の中、成戸悠己《なりとゆうき》が一人静かに佇《たたず》むのは、窓際一番後ろの席——通称神席。

悠己が幸運にも前回の席替えのくじで引き当てたこの席が「神席」と呼ばれるのには、この窓際最後尾というポジションの他に大きな理由があり——。

「おはよ」

隣に落ちた影に、悠己も同じく「おはよう」とあいさつを返す。

その先で微笑を浮かべているのは、校内でも指折りの美少女と噂され、隣の席になった男子を必ず惚《ほ》れさせてしまうという「隣の席キラー」こと、鷹月唯李《たかつきゆい》。

唯李はつつましげな所作で椅子を引いて席に座ると、机に載せたカバンの荷物を取り出して整理を始めた。

そしてそれが一段落ついたかと思えば、一度「ふぅ」とわざとらしく息をついてみせたあと、若干《じゃっかん》首をかしげ気味にしながら「うふふ」と笑いかけてくる。

「……何?」

「んー、なんか不思議な感じだなぁって」

「何が？」

「だって席替えしてまだ一ヶ月もたってないんだよね」

「そうだね」

「なんか全然そんなふうに思えなくて」

「そうかな」

それきり悠己は自分の机の上に視線を戻すが、唯李はなおもどこか窓の外の遠くを眺めるようにしながら、ため息混じりにつぶやく。

「今までこんなことって、なかったような気がするんだけどな～……」

きっと独り言だろうと別段取り合わずに無視していると、唯李は顔の向きを正面に戻してそれきり黙り込んで、やっとおとなしくなった。

かと思いきや、急にジロっと悠己のほうに視線を当ててきて、

「いや～それにしても今日もあいかわらず陰気くさいね～。マジックインキばりに匂うね～」

何か気に入らなかったのか声のトーンを上げて、ごちゃごちゃと口やかましくなる。つい先ほどまでの気取ったような態度はどこへやらだ。

なんとか言え、とばかりに横から圧を感じるが、経験上ここでがっつり相手をすると疲れるのだ。それを朝イチからやってしまうと、あとがしんどい。

悠己はちらりと隣に目線を送りながら、顔の前で人差し指を立てて、

「ちょっとごめん静かにしててもらっていい？　一言もしゃべらないでもらって」

「いきなりやたら強い制約かけてくるね？　ちょっとごめんで通ると思ったそれ？」

「その声が体に響くというか、しんどくて……やっぱ瑞奈《みな》を探して走り回ったのが今になってきてるかなぁ」

「中年か」

「あの日は公園も行ったし」

「ご飯食べて寝ただけでしょ」

「首が痛い」

「固い膝で悪うござんしたね」

「いやでも唯李の膝枕は……」

悠己が言いかけると、唯李ははっと目を見張らせて、

「声がおっきい！」

そういう自分の声のほうがよっぽど大きいのはいかがなものかと。

実際今の声で、近くの席の何人かがぎょっとした顔でこちらを見た。

若干顔を赤らめた唯李はわざとらしく咳払《せきばら》いをすると、一度行儀よく椅子に座り直したあと、
今のは悠己のせいだと言わんばかりに横目でチラチラ視線を送ってくる。

妹の瑞奈に友達を作らせるため、悠己のほうは彼女を作る……という話になり、唯李の提案

により瑞奈の前でだけお互いニセ恋人として振る舞うことに。

そしてその建前上デートをして、その帰りに遅くまで戻ってこない瑞奈を探し回って……というのが先週末の出来事。

「……まったくあの日は膝枕とか勝手にハグとか……プレイ料金請求すんぞこれ」

ぶつぶつと隣の席キラーは今日もまた荒《すさ》んでいる。

その本性はおそらく過去のショッキングな出来事による何らかの強いトラウマ、そして現在進行系で抱えているストレスのせいで、いつしか隣の席になった男子を自分に惚れさせては振る、という遊びを始めてしまった哀《あわ》れな子。

悠己はそれに屈するでもなく、同レベルで真っ向からやりあうのでもなく。

優しく温かくゆっくり見守ることで、惚れさせゲームなどという愚かな行為をする隣の席キラーを改心させ、彼女を本来の姿――きっと心優しい女の子へと戻す。

そう決めたのだ。……あくまで自分に無理のない範囲で。

悠己は生温かい目で唯李の視線に応えながら、

「唯李は？　肩とか首とか大丈夫？」

「いや初老の会話じゃないんだからさ……」

唯李はげんなりとした表情を見せたが、気を取り直したようにすぐにぱっと笑顔になると、軽く身を乗り出して悠己の机の上を覗《のぞ》いてくる。

「さっきから何してるのそれ？　……うわ、勉強してるよこんなとこで」

「ここ学校だけど？　来週末からテストでしょ」

いったい何をするところだと思っているのか。これだから相手をしたくなかったのだ。

悠己が開いた問題集をペン先で叩いてみせると、唯李は嫌そうに顔をしかめる。

「あ～テストか～、もうそんな時期かぁ～。四年に一回ぐらいにしてくれないかなぁ。ところで悠己くんの頭の出来はいかほど？　この前の中間、合計何点ぐらい？」

「忘れた」

「じゃ一番点数よかったのは何？」

「忘れた」

「あたしとしゃべりたくないんなら正直に言ってくれていいけど」

二回忘れたと言っただけなのに、露骨に不機嫌になるのはどうかと。

まあ仏の顔ですら三度までと言うし、唯李が二回もったのなら上出来だろう。

今は勉強中だからしゃべりたくない、とご要望どおり正直に言おうとすると、唯李は急にニヤケ顔を作ってみせて、

「あ～わかった。あんまりにもひどい点数だったから言いたくないんだ～」

「そんなことないよ、数学は九十点だったから」

「覚えてるじゃん」

「そういう唯李は数学何点だったの？」

「唯李ちゃん英語九十二てーん！」

「数学聞いてるんだけど」

「マスマティックス！」

英訳は返ってきたが点数は答えたくないらしい。

唯李は勢いで突っ切ったきり、もうこの話題は終了と言わんばかりにぷいっと前を向いてしまったので、こちらも机の上に視線を戻そうとすると、

「じゃあいいよ、次のテスト勝負しよっか」

またもぐりっと首を回して顔を向けてきた。

惚れさせゲームの上にテスト勝負。

めんどくさいからいやだ、と即答しかけたが、基本的に唯李の言うことは頭ごなしに否定せずなるべく受け入れてやる、という方針でいくことにしたのでひとまず頷いてやる。

「わかった、いいよ」

「今一瞬めちゃくちゃ嫌そうな顔しなかった？」

ここは根気強く粘り強く。そんな悠己の思惑を知ってか知らずか、唯李はいたずらっぽく笑って首をかしげてみせた。

「じゃああたしが勝ったら～……何がいい？」

「それをなんで俺に聞く？」

「勝ったら悠己くんに何かしてもらおうかと思って」

「何かって？　肩揉みとか？」

「優しい息子か」

「肩たたき券のほうがいい？」

「いらねえ」

「じゃあ何だったらいいって？」

「え～？　それはぁ～……んーとね……。たとえば～……」

唯李は天井を仰いで腕組みをして、何やら目を細めてみせる。

いったい何を考えているのか、そのうちに一人でにまにまと頬を緩めだした。

「ん～じゃあね～……。券だったら、一日言いなり券とか？」

「言いなり？」

「そう。相手の言うことなんでも聞くってやつ」

にやけながら何を言い出すのかと思いきや。

人を自分の言いなりにするのがよっぽど楽しいのかしらないが、やはりこれは相当心が歪《ゆが》んでいる。

「じゃあ俺が勝ったら……唯李は心を入れ替える」

YUI
YUUKI
VS

「どういうことだよ」

「じゃあいいよ俺もそのいなり券で」

「超投げやりね。いなり寿司出てくるやつじゃないからね言っとくけど」

はいはいわかりました、と悠己が軽く流すと、唯李がしつこく念を押してくる。

「よく考えて？　言いなりだよ？　何でも言うこと聞かないといけないんだよ？　絶対負けたくねー！　みたいな感じ出そうよ」

「だってそんなの何の法的拘束力とかもないし」

「そういう、いざとなったらぶっちぎればいいみたいな考えはよくないね」

どうやら見抜かれているらしい。

またもごちゃごちゃうるさくなりそうだったので、とりあえず話を合わせておく。

「まぁでもどのみち唯李には負けないかな。そんな点数言いたがらないレベルじゃあ」

「言うたな？　こっちには秘密兵器があるんだからね」

そう言うなり唯李は熱心にスマホをいじりだした。

秘密兵器というと、プールが割れて中から……というわけではもちろんなさそうだ。

やがて操作を終えたらしい唯李は、顔を上げて不敵な笑みを浮かべた。

「くくく、勝ったも同然……。今のうちに一発芸の練習しておいたほうがいいよ」

「唯李もストッキングとか……気をつけたほうがいいよ」

「何させる気……？」

こうして早くも静かな牽制《けんせい》合戦が始まった。

◆◇

昼休み。

悠己が自分の席で昼食を終えて一度トイレに行こうと教室を出ると、ちょうど廊下で何やら騒いでいる二人組に出くわした。

こっそり脇を抜けていこうとすると、朝からムダに時間をかけてそうなツンツンヘアーと、抜け毛に弱そうなサラサラ頭がすぐさま近寄ってくる。

「よお悠己、どうよ隣の席キラーは。お前もそろそろ落ちたか」

「成戸くん、そう無理して強がることはないぞ。いつでも歓迎するよ僕らは」

おのおの勝手なことをのたまいながら行く手に立ちふさがるのは、悠己と同じ二年一組のクラスメイトである速見《はやみ》慶太郎《けいたろう》と園田《そのだ》賢人《けんと》だ。

またの名を隣の席キラー被害者同盟といい、それぞれ唯李に告白をして玉砕した過去がある。

例によって暑苦しいので無視して行こうにも、この強制バトルのような立ちはだかり方をされてしまうとなかなかに難しい。

「最近仲良いね二人」

「んなこたぁない。この変態ドルオタ眼鏡《めがね》と一緒にしてもらったら困る」

「そういう物言いはやめてくれないか。僕も君のようなリア充なり損ないの半端者と一緒にされるのは心外だね」

二人が早くも睨《にら》み合い、バチバチと火花を散らしだす。

隣の席キラー被害者同盟の結束は、いつの間にかガタガタのようだった。

「こいつ、急にアイドルがどうたらとか言い出しやがってよ」

「別にそこまで急にではない。僕をにわか扱いしないでくれないか」

園田が「速見くんはまったくお話にならないね」などとブツブツ言いながら、おもむろにスマホを取り出して悠已に一歩近づいてきたので一歩下がる。

それでも園田は強引に距離を詰めてきて、スマホの画面を見せながら、

「成戸くん、ちょっと見てくれないか。これが僕の推し、みよりんだ。どうだい、かわいいだろう?」

画面には、近距離カメラ目線で笑う女の子の写真が映っていた。

もちろんかわいいはかわいいのだが、よっぽど例の唯李のキメ顔写真でも見せて、「こっちのほうが好きかな」と言ってやりたくもあった。

とはいえ、わざわざ自分から燃料を投下することもない。やかましさ百倍になるであろうこ

とは目に見えている。

悠己が煮えきらない態度でいると、慶太郎が無理やり間から顔を差し込むように画面を覗き込んできて、

「……この子、ちょっと鷹月に似てねえか？　未練タラタラじゃねえかよオイ‼」

「ち、違う！　みよりんに鷹月唯李が偶然似ているだけだ！」

「どっちだって一緒だろ！」

すぐケンカする。

二人が取っ組み合いを始めて押しつ押されつしていると、背後から廊下を歩いてきた女子生徒とぶつかりそうになった。

危ういところで身をかわした女子生徒は、キッと二人を睨みつけて言った。

「邪魔。ふざけるなら外でやって」

鋭く冷たい声だった。突き刺さるように妙に通る。

彼女は眉一つ動かさず厳しい表情を浮かべたまま、切れ長の瞳で慶太郎と園田を交互に射抜く。

「ぶつかって転んで、怪我《けが》でもしたらどうするの？」

そう言い放ってさらに目で威圧。

一気に場に緊張が張り詰めかけるが、すぐさま慶太郎が苦笑いしながら、

「悪い悪い、いやぁでもよけたっしょ？　ナイス反射神経。はは……」

「笑いごとじゃないでしょ？　もし倒れて打ちどころが悪くて、後遺症が残る怪我にでもなったらどうするの？　責任取れるの？」

　立て続けにまくしたてられ、今度こそ慶太郎も黙ってしまう。

　さらに女子生徒は慶太郎の全身を見下ろすようにして、顔をしかめる。

「それにその格好……」

　慶太郎の身なりはシャツの裾をだらしなく出して、ネクタイを緩めて第二ボタンまで胸元を開けており、うるさい教師に見つかるとまず注意されるレベル。

　彼女は勢いに任せてさらに畳みかけるのかと思いきや、突然我に返ったようにぐっと口を結んで目線をそらすと、なぜか関係ないはずの悠己に向き直った。

　そしてひとしきり悠己を睨み据えると、結局何も口にすることなく身を翻し、肩まで届く黒髪を揺らして通りすぎていった。

　その後ろ姿を見送りながら、慶太郎が肩をすくめて悠己に耳打ちしてくる。

「お～こわ。最後めっちゃ睨まれてたけど、お前なんかやったの？」

「さあ？　しゃべったこともないし、というか誰？」

「お前のことだから知らないうちに地雷踏み抜いてるんじゃねーの」

　踏んでもまったくの無傷という地雷もいかがなものか。

何も身に覚えもなければ、正真正銘の初対面だ。

「ていうかあいつのことマジで知らねえの？　結構有名人だぞ」

「そうなの？」

慶太郎が呆れ顔になる横で、園田が顎をさすりながらつぶやく。

「二年四組の花城凛央《はなしろりお》……。ご覧のとおり見てくれだけは上等で、学内でも指折りの美少女ではあるが……いろいろと問題のある女だ」

どこかで聞いたような紹介文だ。悠己が知るだけですでに指が二本折れてしまっている。

たしかに先ほど悠己がちらりと見た感じでは、凛々《りり》しい目元もさることながら、鼻が高く鼻筋も通っており、顔の輪郭もしゅっとしていて非常に容貌は整っていると言える。

体型もすらっとしていて、唯李とは違うベクトルでこれぞ美人、といった印象。

「しかし実際、中身が終始あの調子であるからして」

「つうかさ、だいたい風紀委員っつったって、あんな偉そうに注意してくる意味がわかんねえんだけど。漫画とかの読みすぎなんじゃねーの」

「いや風紀委員だったのは去年の話だぞ。つまりあれは、もともとああいう女なのだよ」

「だったら余計ヤバくねえか？　何をそんなピリピリしてんだか……謝ってんのにあそこまで言うか普通？　去年あいつと同じクラスだったやつも言ってたけど、いちいち文句つけてきてクソうぜえって、そら嫌われるわ。てか園田お前、やけに詳しそうじゃん」

「ふっ、なぜなら僕と彼女は……学年トップの座を奪ったり奪い返したりする、そう、いわばライバル。向こうも僕のことは相当意識しているだろう」

「本当かよ」と慶太郎は悪態をつくと、何やら難しい顔をして唸《うな》ってみせる。

「とにかくいくら美人でもありゃダメだろ、愛嬌《あいきょう》がねえんだよ愛嬌が。基本親でも殺されたのかよって顔してるし……あれも別の意味で隣の席キラーだな。もしあんなのが隣の席に来たら、心休まる間もねえわな」

「鷹月唯李が隣の席キラーなら、やつはさしずめ隣の席ブレイカーか。惚れさせとは真逆の、あれこれダメ出しして注意しまくり、隣の席の相手の精神を破壊する……成戸くんはどう思う」

「二人を戦わせたら面白そう。龍バーサス虎みたいな」

「悠己お前、また何をアホなことを……ん？　そういや今あいつ、ウチのクラス入っていかなかった？」

慶太郎は教室の引き戸に近づいていって中を覗き込むと、すぐに驚いた顔でこちらを振り返って、「ちょっと来い」と顎をしゃくってみせた。

「おいおいマジかよ、見ろよアレ」

慶太郎がこっそり指さす先、教室奥の窓際に近い席――唯李の席では、まさにその渦中の人物二人が、仲睦まじそうに談笑する姿があった。

「あの花城があんなふうに……初めて見たぞ」

園田が眼鏡のつるを指先でつまみながら目を凝らす。

するとさも面白そうに口元をにやつかせた慶太郎が、ひじで悠己をつつきながら、

「おい悠己、ちょっと何しゃべってるのかこっそり聞いてこいよ」

「ええ、やだよめんどくさい」

「いやいいからさ、お得意の何食わぬ顔で自分の席についで、それとなく聞き耳立てればいいだけだろ」

お得意の何食わぬ顔ってなんだよ、と反論する間もなく、悠己は慶太郎に背中を押され教室の中に放り込まれた。

仕方なく最後列の後ろをトボトボと歩いて自分の席に戻る。

そして言われたとおり何食わぬ顔で椅子に腰を落ち着けると、聞き耳を立てるまでもなく隣の二人の会話が聞こえてきた。

「いいじゃんいいじゃ～ん。おせーておせーて」

「もう～しょうがないわね～」

耳に飛び込んできたのは、いつもの調子の唯李と、まるでさっきとは別人のような凛央の優しげな声音である。

こっそり横目で盗み見ると、席の傍らに立つ凛央はニコニコと頬を緩ませていて、本当に別

人なのではないかと疑ってしまうほどだ。

「ちゃんとノート取ってないの？　ダメじゃないのもう唯李ったら」

凛央はそう口では怒りながらも、うふふふ、と微笑を絶やさない。

椅子に座った唯李のほうも、甘えるような調子でしきりに凛央の腕を揺すったりしてベタベタしている。

「ねえねえ悠己くん、いいでしょ～秘密兵器」

すると唐突に唯李が悠己に話を振ってきた。凛央の手首を引っ張ってびろーんと持ち上げている。

どうやら唯李の言っていた秘密兵器とは彼女のことらしい。

「四組の凛央ちゃん。ちょー頭良いんだから。勉強教えてもらうんだ～、これで勝つる！」

唯李がそうやって話す間、なぜかずっと凛央からジリジリと鋭い視線を当てられる。

なんだか怖いので、悠己はなるべく凛央のほうを見ないようにしながら、

「へえ、二人は仲良しなんだ」

「そらもうマックスハートよ。りぼんでもちゃおでもないよ」

「もぉ何言ってるのよ唯李ったら！」

と言いつつ凛央はまんざらでもない様子。口を結んだりにやけたりと忙しい。

見た感じ唯李にはずいぶん心を許しているようだが、よほど深い縁があるのだろうか。

「二人って、もしかして子供の頃からの知り合いとかそういう？」

「ううん、そういうんじゃないけど……去年同じクラスで隣同士の席だったんだよね～。女の子同士でラッキーって」

どこのクラスも席順は基本男女交互の並びだが、おそらく人数か何かの関係で偶然女子同士になった、ということなのだろう。

となると別段長い付き合い、というわけでもなさそうだが……。

（……待てよ、隣の席？）

ピクッと悠己の眉間にシワが寄る。

二人の仲良し度は実際どうでもよかったが、そうなってくると俄然《がぜん》話は変わってくる。

すかさず悠己はワトソン君も真っ青な必殺の名推理を頭の中で展開した。

（隣の席キラーVS隣の席ブレイカーの壮絶なバトルはすでに勃発していた……？）

そしてすでに終焉《しゅうえん》を迎えていると考えるのが妥当。

凛央のこの様子から察するに、勝敗は火を見るよりも明らか。

（つまり彼女は……隣の席キラーの前にもろくも敗れ去り、すでに完落ちしている……？）

というのが自然に導き出される答え。

どうやら隣の席キラーは、男女の見境なく暴れているらしい。

「隣の席キラー恐るべし……」

「……何しかめっ面してるの？」

そして当の唯李はまるで素知らぬ態度。

悠己がこうやって凛央を目にするのは初めてのことなので、普段から特別仲良くしている、というわけでもなさそうだ。

となると凛央はテスト前に秘密兵器扱いされて呼び出され、体《てい》よくこき使われているという図が嫌でも浮かび上がる。

（哀れな被害者がまた一人……）

彼女もまた、隣の席キラーの手の内で踊らされているに違いない。

目が合うのを避けていた状態から一転して、悠己がかわいそうなものを見る目で凛央に視線を送っていると、

「さっきから何をじろじろ見ているの？　何か言いたいことでもあるわけ？」

そうきつく返された。唯李のときとはうってかわってこの冷たい口調である。

もちろん言ってやりたいことはあるが、しかしまさか唯李の目の前で「あなた騙されてますよ」とやるわけにもいかないだろう。

すでに洗脳済みであるからして、どのみち彼女が悠己の言を信じるとは思えない。

そんなことを考えながら悠己が押し黙っていると、何か険悪な空気を感じ取ったのか唯李が席を立ち上がって、

「こら、ダメだよ凛央ちゃんほらまた！　そんな怖い顔したら～！」

と言いながらおもむろに凛央の背後に回り込み、ぱっと背中から両腕を回して、ぎゅっと抱きついてみせる。

「にゅっ⁉」

すると凛央の口から未知の生物の鳴き声らしきものが飛び出た。

みるみるうちに頬が耳がおでこが赤く染まっていく。

「ちょ、ちょっと唯李、や、やめなさいったら！」

「よいではないかよいではないか～」

凛央の背中にしがみつくようにした悪代官唯李が、ひょこっと顔を覗かせてきて、

「ほら、凛央ちゃん実は萌えキャラだから。怖くないよ？」

「顔真っ赤だね。唯李に負けず劣らず」

「は、はあ？　あたしがいつ顔赤くしたよ？」

「しょっちゅうしてるじゃん」

「それはただの熱血です。攻撃力二倍やぞ」

などとよくわからないことを言いながら、唯李は凛央の頭を撫でて髪の毛の先をさわさわと指先で遊ばせ始める。

「この髪もつやつやのさらっさらですよ。いいでしょ～これ、あたしが髪伸ばしてみたらって

言ったの」

「へえ、俺もやってみていい？」

「ダメに決まってんだろ」

冗談で言ったのに真顔で鋭いツッコミをくらった。

唯李はこれみよがしに凛央の髪に顔を近づけて、鼻をひくつかせる。

「くんかくんか、あ〜いい匂いするんじゃ〜。どうだ、うらやましいだろ〜」

「唯李もいい匂いするよね。あの匂い好き」

「ブフッ‼」

唯李が突然変な音を出して吹き出し、こちらも凛央に負けじと一瞬にして顔が赤くなる。

「へ、変態変態！　凛央ちゃんこの男、匂いフェチだから気をつけてね！」

「……なぜ唯李の匂いを知っているの？」

あれだけ赤くなっていた凛央の顔から、さっと血の気が引く。

ズゴゴゴ……と効果音が聞こえてきそうな、底しれぬ圧力を感じる。

これは少しばかり余計なことを口走ったかと、唯李に視線で助けを求めると、

「いや助けないよ⁉　自分で変なこと言い出したのが悪いんだからね⁉」

見捨てられた。

凛央は騒ぎ立てる唯李を守るように手で制すると、悠己の前に躍り出た。

「まったくろくでもないことを……。それにさっきからその、人のことを何か哀れなものでも見るような目は何？」

そして忌々《いまいま》しげに敵意たっぷりの視線をぶつけてくる。

するとまたも唯李が慌てて間に入ってきて、凛央の顔の前で必死に手を振りだした。

「ほら凛央ちゃん、ダメでしょまたそうやって！」

「そこの男が気に障る目でじっと見てくるから」

「いやまぁ、彼はちょっと変わってるからね。ほら悠己くんも、ちゃんとごめんなさいしないと」

「ごめんなさい」

「ほら、根はいい子なんですよ〜よしよし」

唯李は宙で悠己の頭を撫でる仕草をしてみせる。

しかしそれを見た凛央の顔は緩むどころかさらに引きつった。怖い。

(やはり彼女も相当荒んでしまっているな……)

唯李を見守り更生させると決めたからには、被害者のアフターケアも責務のうちだ。

さしあたっては、彼女に同じ被害者たちを紹介してあげるのがいいかもしれない。

悠己はこちらを覗き見ているであろう慶太郎と園田のいる教室入り口付近を指さして、

「あそこに仲間がいるからさ、よかったら一緒にどう？」

ギラっとした目つきで、凛央が戸口のほうを振り返る。

するとすかさず熟練したスパイ兵士のように、慶太郎と園田がさっと陰に隠れた。

「……は？」

「……仲間がなに？」

「いや、あそこに……」

ともう一度視線を送ると、慶太郎が必死に「もうよせ戻ってこい」と手招きをしている。

遠目に見ても凛央の威圧オーラが危険だということなのか。

「ちょっと失礼」

やはり無策でやり合うには厳しい相手だ。

悠己は腰をかがめながら二人の脇を抜け、一度慶太郎たちの下へ戻ると、「お前あんまりムチャすんなよな」と迎え入れられる。

しかしすぐに二人ともやや興奮気味に顔を見合わせて、

「いやでも見たかよ？　驚きだな、花城もいつもあんなふうにニコニコしてりゃだいぶ違うだろうに」

「うむ。普段相当疎《うと》まれているらしいがあの笑顔は……アリだな。あの笑顔でアメとムチをうまく使い分けられたら、注意されたとおりなんでも言うことを聞いてしまうかもしれぬ。それこそまさしく精神を破壊して相手を言いなりにする、隣の席ブレイカー……」

「なるほどそれが隣の席ブレイカー」と悠己は園田の言葉に感心して頷くが、慶太郎がすぐに渋い顔をして、

「いや待てよ、さっきから何が隣の席ブレイカーだよ無理くりだろそれ。だいたいオレの隣の席キラーパクリやがって、センスのかけらもねえわ。なあ悠己」

「え？　いいじゃん隣の席ブレイカー。響きがかっこいい。強そう」

悠己がそう返すと、慶太郎は目頭を押さえて黙ってしまった。

ああだこうだ言いつつ、悠己たちが雁首《がんくび》揃えて遠巻きに二人の様子を眺めていると、急に凛央の顔がこちらを向いて、つかつかと早足に近づいてきた。

そして悠己たちの前で立ち止まるなり、

「さっきから何をこっちを見てヒソヒソしているの？　目障りなんだけど？」

凛央は厳しい目つきで悠己たち三人を見回したあと、なぜかまた最後に悠己で目を留めた。

悠己はすかさず園田の顔を見て、そちらに視線を受け流す。

「花城凛央。ここで会ったが百年目……」

受け流しは失敗だったが、勝手に園田が悠己の前に躍り出て語りだしたので、凛央の注意は嫌でもそちらに向いた。

園田はここぞとばかりにねちっこい笑みを浮かべて、凛央に詰め寄る。

「こうして相まみえるのは初めてかな？　そう、僕が園田賢人だよ」

「……誰？」

そっけなく返され園田は一瞬沈黙しかけたが、めげずに、

「目に入れたくないのもわかる。君の目の上の瘤《こぶ》とも言える存在……学年トップの男を」

「誰？　邪魔なんだけど」

軽くあしらわれるがそれでも引こうとしない園田の腕を、慶太郎が慌てて横から引っ張る。

「おいもうよせ、邪魔だって」

「認識したくないというのもわかる。どうあがいても、もう一歩手の届かない学年トップの男を……」

「お前この前五位だったからトップでもなんでもねえだろ。ただのキモオタでは？」

「それは違う！　前回はたまたま……そう、隣の席キラーに調子を狂わされたんだ！　去年の成績を平均すれば僕が圧倒的一位のはず……っ！」

そう学年トップクラスのキモオタがしつこく弁解をしていると、

「凛央ちゃんどったのー」

と声がして、凛央の背後から唯李が現れた。

唯李は凛央の背中に体をくっつけるようにして、肩越しに顔を覗かせる。

するとと凛央はびくっと背筋を伸ばして、張り詰めた調子から一変、ぎこちなく表情を緩めた。

「だ、大丈夫よ、なんでもないの。ちょっと目障りだったから……」

「ダメだよケンカは～」

場の一同を見渡しながら、唯李が仲裁に入ってくる。

唯李には弱いのか、さしもの園田と慶太郎も突然あさってのほうへ顔を背けた。

「それよりトイレトイレ！　凛央ちゃんも連れション行く？」

唯李が急《せ》かすようにそう言うと、凛央はいきなりぼっと顔を赤くして、

「ゆ、唯李。その言い方はちょっと……」

「おほほ。では凛央さん、お小水に参りましょうか」

「……それもどうなの？」

凛央は釈然とせずにいたが、結局唯李にくっついて廊下を歩き出す。

去り際、凛央が最後に悠己たちをひと睨みすると、「やーめーなーさい」と唯李が凛央の顔を手で遮りながら、にこっと笑いかけてきた。

そんな唯李の作ったような笑顔がなんとなくうさんくさく見えてしまう悠己をよそに、隣の席キラースマイルを受けた慶太郎と園田がほんわりとした顔になる。

「……あれはあれで、なかなか……いいな」

「うむ。美少女二人が仲睦まじく……」

唯李たちの後ろ姿を眺めながら、しみじみと頷きあう二人。

その隙にこっそり場を離脱した悠己は、やっとのことでトイレに向かった。

隣の席キラーからの刺客

その翌朝。

いつもより少し遅めに登校してきた悠己が校門を抜けて昇降口にやってくると、下駄箱のあたりから賑やかな騒ぎ声が聞こえてきた。

「おはようございます！　凛央さんカバンお持ちします！」

「ぶはは、それどこの番長だよ！」

「お前らもちゃんとあいさつしないと怒られんぞ〜。退学だぞ〜」

「くすくす、なにそれウケる〜こわ〜い」

ぎゃははは、とやかましい男女数人の笑い声が遠ざかっていく。

下駄箱の前には一人だけ残された女子生徒が、黙々と靴を履き替えていた。

番長……？　と悠己が何気なく視線をやると、バタンと下駄箱の扉を閉めた彼女と運悪く目が合ってしまう。

さらりと伸びた黒髪に、我の強そうな目。面にはなんの表情もない。

よくよく見れば女子生徒は昨日の隣の席ブレイカー……凛央だった。

カツアゲでもされてはたまらんと、悠己がそそくさと逃げ出そうとすると、

「ちょっと、待ちなさい」

呼び止められたが無視して自分の下駄箱に取り付き、靴を履き替える。

それでも凛央はわざわざ悠己のすぐそばまでやってきて、

「露骨に無視するなんていい度胸じゃない。成戸くん、だったわよね。ちょうどいい、君に少し話があるの」

「今月は厳しいので勘弁してください」

「……何が？」

「話ならここでどうぞ」と言うが「ちょっと来なさい」とわざわざ人気のない特別教室の並ぶ廊下の前へ連れていかれる。

凛央はカバンからスマホを取り出すと、軽く操作しておもむろに画面を見せつけてきた。

「これはどういうこと？　ずいぶん仲が良さそうだけども」

画面に映っていたのは、制服姿の男女がコンビニ前の路上で向かい合っている写真……のようだ。

腕ガタガタで撮ったのか、写真がブレていて何がなんだかよくわからない。

「これは……残像拳中に撮ったやつ？」

「……何それは。しらばっくれるつもり？　これは君と、唯李よ」

「これが俺と唯李……？　なんでそんな写真持ってるの？」

「それは……その、タレコミがあったのよ。その筋から」

「どの筋?」

「なんでもいいでしょ。それよりもこれ……もしかして、成戸くんと、唯李って……つ、付き合ってる……のかしら?」

「そんなわけないじゃん」

ここで「今は妹の前でだけニセ彼女」だとか余計なことを言う必要は一切ない。

にべもなく返すと、凛央はおそるおそる……といった表情からわずかに頬を緩めた。

「なるほど付き合っているわけではない、と。じゃあこれはどういう状況?」

「たまたま一緒に帰っただけだと思うけども」

「たまたま? おおかた隣の席になったのをいいことに、君が無理やり唯李のことを誘ったんでしょ?」

どうやらいろいろと誤解を受けているらしい。

その口ぶりから察するに、凛央は隣の席キラーのことは知らないように見えるが……ここは一つ確かめてみるべきか。

「そっちこそ唯李に告白したの?」

「は、はあ? こ、告白って何が!?」

さすがの隣の席キラーも、同性に告白させる、というところまでは徹底していないようだ。

しかし今後百パーセントないとも限らないので、念のため釘を刺しておく。

「告白しても絶対振られるからやめたほうがいいよ」

「当たり前でしょ？　だいたい女同士でなんでそんな……」

凛央は心底不審そうな顔をしたが、ふと何かに気づいたように顎に手を当てて、

「なるほど……ということは、そっちは告白したいけど振られるのが怖くてできない……という状況かしら？　ボロを出したわね」

「いや別にそういうわけでは……」

「ふん、どうだか。一応忠告しておくけど、唯李はモテるのよ？　君のことなんて眼中にないぐらいにね」

「それは知ってる」

「けど唯李は誰にでも優しいから……つまり君は唯李の優しさを勘違いして、調子に乗っている、ということなの」

「優しさ……？」

「だから変に恥をかきたくなければ、これ以上唯李につきまとうのはやめなさい。話しかけられても無視して、『俺は他に友達たくさんいるから。今は女より野郎たちとバカしてるほうが楽しい』とでも唯李に言いなさい」

「それはなぜ」

「唯李の負担になっているのよ。君のような勘違いの輩をいちいち相手にするのも」

「勘違いの輩……」

「……どうして人の顔を見て言うの？　とにかく私の言うとおりにしなさい。クオカードあげるから」

凛央はカバンをゴソゴソやって財布からカードを取り出すと、一枚差し出してきた。

カツアゲどころか逆に五百円分のカードをゲットした。思わぬところでラッキーだ。

「やった」

「意外にものわかりがいいじゃない」

悠己はカードを受け取ると、満足げな顔をした凛央とその場で別れて、教室へ向かった。

自分の席につくなり、すでに着席していた唯李がさっそく話しかけてくる。

「おはよー。お勉強の調子はどう？」

ちら、と隣を見ると、唯李は今日もいつもどおりの笑顔。

しかしカードを受け取った手前、五百円分は無視しないといけないだろう。

悠己は問いかけには答えず、ふいと目線をそらして窓の外を眺める。

「あれー無視ですかー？」

さらに無視。

「虫ですか〜？」

窓枠に羽虫が止まっている。

悠己がスマホを取り出していじりだすと、

「無視すんな」

とうとう唯李が消しゴムをちぎって投げてきた。

しかしもったいないことに気づいたのかすぐにやめて、悠己と同様にスマホを触りだした。

するとすぐさま悠己のスマホの画面に通知が来る。唯李からメッセージだ。

『むしすんな』

とてもしつこい。

話しかけられても無視しろ、とは言われたが、文字でのやり取りは禁止されていないので、

『唯李はかまってちゃんだね』

『あ？』

続けて「しばくぞ。」と書かれた変なスタンプが送られてくる。

『あたしが、かまってあげてるの』

『おかまいなく』

『あーわかった。押してダメなら引いてみろ、みたいな？』

『そもそも押してないし』

『せやな』

唯李がスマホ片手にジロっとやってくるが、こちらはなおも無視。

『でもこういうのってアレだねー。こっそりやりとりするカップルみたいねー(ニヤリ)』

『指がムダに疲れる』

『そうやってすぐ破局させる』

『いいからテスト勉強すればって思う』

『ほんとブーメランだよ。頑張れば唯李ちゃんを言いなりにできるチャンスなのに』

『お手』

『先走らないでくれる?』

『やはりストッキングか』

『それ昨日一晩考えてわかった。頭にかぶせる気でしょ』

そこで悠己が返信をやめると、唯李はとうとう我慢の限界に達したのか、

「ていうかなんでしゃべらないわけ?」

「俺は他に友達たくさんいるから。今は女より野郎たちとバカしてるほうが楽しい」

「ウソつけ」

食い気味に否定された。

しかしこれで言われたとおり五百円分ぐらいは働いただろう。

「よし」

「いや『よし』じゃなくて、何その言わされてる感満点なやつ。どうせあれでしょ、速見くんとかに……罰ゲームかなんかで」

「いや違う、あの人……名前忘れたけどあの……」

名前なんだっけ……と悠己が一度天を仰ぐと、

「あ」

当の本人の顔が窓の外に見切れた。

隠れるようにしながら顔だけを窓枠の下から覗かせ、ちょっと来いと目で合図してくる。どうやらつながっているベランダの通路をたどってやってきたらしい。

仕方なく後ろのガラス戸を引いてベランダに出ていくと、しゃがみこんだ凛央が「ここ座れ」と手招きをしてくるのでそのとおりにする。

「今カンタンに人の名前出そうとしたわよね？　しかも名前忘れてるとか」

「いや名前出すなとは言われてない……」

「何なの？　普通に考えたらわかるでしょ？　いちいち命令しないと動かないロボットか何か？」

「ロボットをうまく使えない者もまた無能……」

「ああ？　言ったわね⁉　だいたい命令どおりに動いてないくせに！」

「エネルギー切れです。クオカードを入れてください」

「燃費悪すぎよこのポンコツロボ！」

ぐいぐいと壁に追いやられ、近距離で顔を指さされながらまくしたてられる。

その折に風で凛央の髪がなびいて、おっいい匂い……とそっちに気を取られそうになると、
近くで変な音が聞こえてきた。

「じーーっ」

何かと思えば唯李が窓からベランダを覗き込んで、訝《いぶか》しそうにこちらを見ていた。

同じく唯李に気づいた凛央が、慌ててぱっと体を離す。

「……お二人、仲良さそうね」

「どっ、どこが‼　そ、そもそもこの男が……！」

「凛央ちゃんって、意外に結構……へー。へー」

「だ、だから違っ……！」

急に顔を赤くした凛央は言葉に詰まると、代わりに悠己を睨みつけてきて、

「べ、ベランダに出てふざけている人がいないか見回ってただけ」

そんな捨て台詞を残して身を翻すと、肩を怒らせてベランダを歩いていった。

唯李はきょとんとした顔でその後ろ姿を眺めていたが、

「んー……凛央ちゃんも、ちょっと変わってるとこあるからねぇ」

「ちょっとどころじゃないよね」

「悠己くんに言われるって相当だね」

「あれって唯李のせいなんじゃないの？」

「……それはどういうこと？」

やはり唯李のせいでおかしくなってしまったと考えるのが妥当だ。

品行方正な優等生を変人に変えてしまうとは……隣の席キラー恐るべし。

そして元凶である本人はしらばっくれる気満点だ。

「にしてもあの凛央ちゃんがね～……ふーん、ふ～ん……。あたしがどれだけ苦労したか知らないでしょ」

「何を？」

「悠己くんて、意外にコミュ強……」

「褒めても何も出ないよ」

「わかってる」

「あ、やっぱり帰りにハミチキおごってあげるよ。おかげで臨時収入あったから」

「……なんで急に？」

異常なまでに警戒された。なかなかに猜疑心《さいぎしん》が強い。

なにはともあれ隣の席キラーの軍門に降《くだ》った隣の席ブレイカー……邪魔が入ると何かと厄介な存在だ。

被害者の救済がさしあたっての急務か。大事の前にまずは小事を済まさなければ……。

(でもまあ、そう焦ることもないか)

凛央からもらったカードを唯李に見せびらかしながら、悠己はそんなことを思った。

◆　◇

二年四組の教室。

午前の授業が終わって昼休みになると、隣の席にすぐさま数人男子生徒が集まってきて、うるさく騒ぎ出した。

「なあ今日外に食いに行かね？」

「しーっ、また校則守りなさいって怒られんぞ」

「ひぃ拘束がぁ～！　拘束守りますぅ、お許しください女王様ぁ～」

一人がこれみよがしに隣の凛央に聞こえるように言うと、ぎゃははは と一段大きな笑いが起き、さらにそれが伝播《でんぱ》するように周囲からもくすくすと笑い声が湧き出す。

凛央はそれに対し顔色一つ変えることなく、一瞥《いちべつ》もくれることもなく、黙って静かに席を立って教室を出た。

購買に向かってパンと飲み物を買い、その足で校舎の外へ出る。

昇降口を出てすぐ校舎の裏手に回り、細い通路を抜けてやってきたのは、建物のくぼんだ箇所と塀に囲まれた四角いスペース。

最初にここを見つけたのは偶然だった。ただ一人になりたくて、ふらふらとあてどなくさまよっていたら、いつの間にかこの場所に腰を落ち着けていた。

昼食をとるにもここなら誰にも邪魔を受けない。雑音も入ってこない。

我ながらすごくいい場所を見つけたと思う。

突き出たコンクリートのへりに行儀よく腰掛けた凛央は、スマホを取り出して通話アプリの画面を開き、改めて通知がないことを確認する。

一度「ゆい」と表示された猫のイラストアイコンをタップするが、何をするでもなくそのまま画面を大きくスワイプして、スマホをしまった。

小さく息をついて顔を上げると、ちょうどそのとき視界の端で小さな影が動いた。

猫だ。茶色い毛並みに薄く白が混ざっていて、しっぽをだらりと垂らしながら、のろのろと歩いている。

「ちっちっち。おいで」

舌を鳴らして、指先で手招きをしてみる。

猫は一度だるそうに首をもたげて凛央を見たが、すぐにさっと身を翻して早足で逃げてしまった。

遠ざかっていくその後ろ姿を見送ったのち、凛央は購入したパンの封を切って口に運び出す。

今日選んだ惣菜パンは中身がスカスカで失敗だ。これなら何か作って持ってくればよかったかもしれない。

食べかけのパンの残りを一息に口に押し込んで、飲み物で流し込む。

用意した昼食が食べ終わるとほぼ同時に、足元でぽつ、と小さく音がした。

（雨……）

予報では曇りのはずだったが、空を覆う雲はいつの間にか黒ずんでいた。

ぼんやり空を見上げているうちにも、ぽつぽつぽつ、と雨音が迫ってくる。

やがてみるみるうちに雨脚は強まり、ものの数分もせずに雨がざあざあと本降りになった。

びたびたと雨がコンクリートを打ち付ける音がして、ぽたりぽたりと凛央のいる場所にも水滴がしたたり落ち、靴やスカートの裾に黒い斑点ができ始める。

凛央は壁に背中を押し付けて座り直すと、膝を折り曲げて抱え込むようにして、身を縮こまらせた。

（大丈夫、こうすれば濡れない）

塀の壁を伝って落ちる雨を眺めながら、凛央はただじっと時が過ぎるのを待った。

唯李VS瑞奈

その日の帰宅後、悠己はいよいよ本格的にテストに向けての勉強を始めることにした。

普段の授業はわりかし適当なことが多いが、テストに関してはなんだかんだで毎回それなりの点数にはなるよう仕上げることにしている。

それは勉強はしっかりやっているから大丈夫、と父にアピールして無用な心配をかけないようにするためというのが大きい。

テストまで残すところあと約十日。

最近は少しサボり気味だったため、今回はなかなかテスト勉強が難航しそうだ。

そう考えながら、悠己がリビングのテーブルで教科書やノート類を広げ、改めてテスト範囲の確認を始めたその矢先。

「ねえねえゆきくふぅ～ん……」

背後からこっそりにじり寄ってきた瑞奈が、甘ったるい声を出しながら首筋に息を吹きかけてくる。

生暖かい風を感じながらも、悠己は微動だにせず視線を落としたまま、

「邪魔しないで」

「邪魔じゃなくて応援してるの」

「応援しないで」

相手をしてもらえないのが気に入らないらしい。

瑞奈は置物になっていたバランスボールを引っ張り出してきて、ばいんばいんやって転げ落ちて「ちゃんとして」とボールに文句をつけた挙げ句、マジックで目と口を書き込んでパンチして一人で爆笑していたが、悠己はひたすらガン無視していた。

「ゆきくんもコークスクリューパンチしてみる？　面白い顔になるよ」

「瑞奈もそろそろテストでしょ？　ふざけてないで勉強しなよ」

「ごほっ、がはっ」

「なんでいきなり咳《せ》き込むわけ？」

正直言って瑞奈の勉強の成績はあまり……いやかなりよろしくない。

一時期授業から大きく遅れを取ったことで、ただでさえ頑張らなければいけないのに、本人に危機感がまるでない。

「友達作りをがんばるとは言ったけど、勉強はなにも言ってないし聞いてません」

「また屁理屈を。じゃあ友達はできたの？」

「と、友達は……今がんばってるの！　なんにもしてないわけじゃないんだからね！」

「ならその調子で勉強も頑張って」

「二つ同時に命令は聞けません。それにはスキルレベルが……ゆきくんのテイム力不足です」

またわけのわからないことを言ってごまかそうとしている。

瑞奈はその話はもういいとばかりに顔を上げて、

「それより今日のご飯は？」

「今日はスーパーかコンビニで適当にお弁当買ってくればいいか」

「えー、なら牛丼がいい！」

「やだよ、駅まで行くの大変だから」

「牛丼牛丼！」

すっかりお気に入りになってしまったようで、そのうち全種類制覇すると豪語している。

無視しようにも十秒に一回「牛丼」とささやいてくるので、まったく勉強に集中できない。

このままだとうるさくてしょうがないので、結局一緒に買いに出ることになる。

連れ立って徒歩で駅の牛丼屋までやってくると、なんやかんやで七時近くになってしまい、飯時にもいい時間だったので、

「もうここで食べていこうか」

「お家で食べる」

お家大好き人間。周りに人がいるとゆっくり落ち着いて食べられないとかなんとか。

持ち帰りで二人分購入し、来た道を気持ち急いで戻ると、瑞奈が曲がり角にあるコンビニの

前で立ち止まった。

「デザート買いたい」

「結局コンビニ行くんかい」

「だいじょうぶ、お金ならある」

この前父に「別に毎週わざわざ帰ってこなくてもいいよ」と言ったら余分に小遣いをもらったらしい。これぞ瑞奈流錬金術。

背中を押されてコンビニに入店すると、瑞奈はデザートが並ぶ棚でしばらく吟味したあと、やっとのことでその中の一つを手に取った。

「お菓子も買っていい？」

「ちょっとだけね。早くして」

すると「やったぁ」と言って瑞奈はカゴにあれこれ入れてきて、結局デザートとお菓子だけで会計が千円を超えた。

ちょっと、という言葉に大きな認識のズレがあるらしい。

帰宅後、瑞奈とともに食卓を囲んで遅めの夕食となる。

瑞奈は「うましうまし」とネギ玉牛丼をかきこみ終えると、プリンに生クリームとフルーツの乗ったデザートを冷蔵庫から取り出してきて、「一口食べたい？　ねえねえ」みたいなお約束をやって、十二分に時間をかけてゆっくりと平らげる。

悠己としては早いところ晩飯を済ませて、勉強に取りかかろうとしていたのだが、「お風呂入ってくるね」と言って出ていった瑞奈がどたどたと戻ってきて、

「ゆきくん瑞奈のパンツどこやったの？」

「瑞奈の部屋に引っかかってるよ」

「え～うそぉ、なかったよ～？」

といちいち手を煩《わずら》わせてくる。

そして湯気をまとって風呂から出てきたかと思ったら、今度は下着姿のままドライヤーを持ってきて、

「ゆきくん髪乾かして～」

こうしてガリガリ時間が削られていく。

それから悠己自身も入浴を終えて、やっと勉強に手を付けようとすると、ソファに寝転んだ瑞奈がこれみよがしに大音量でテレビを流し始めた。

「……ちょっと音小さくしてくれない？　それか消すか」

「うむ、この音量師瑞奈にお任せあれ。オンリョウ退散！」

「変わってないけど。ていうかわざとやってる？　さっきからずっと」

「なにが？」

不思議そうな顔で首をかしげる瑞奈。

これだけやって邪魔をしているという自覚がないのはそれはそれで問題だ。

こういうときに自分の部屋にこもれないのがきつい。

悠己の部屋というか寝室は、大きなベッドが面積のほとんどを占めていて、机もなければ勉強ができるようなスペースもない。

かたや瑞奈の部屋にはしっかり勉強机があるのに、ほとんど使われないという。

「瑞奈の部屋使わないなら貸してくれる？　そして入ってこないでくれる？」

「やだもう、中で何するつもりなのゆきくん……」

「勉強だよ」

ぴしゃっとそう返すと瑞奈はむむっと口を結んだが、急に何事か思い出したかのように切り返してくる。

「それはそうとゆきくん、ゆいちゃんは？」

「は？」

口をぽかんと開けた悠己の顔を、瑞奈がぴっと指さしてくる。

「だから、なんで毎日ゆきくん一人で家に直行で帰ってくるの？」

そして人差し指をそのまま悠己のほっぺたに突き立て、つんつんとやってくる。

瑞奈には建前上、唯李とは恋人同士という関係で通っている。

どうやら彼氏彼女というのは、四六時中一緒にいるものだと思い込んでいるようだ。

「あっ、もしかしてゆきくん振られたんじゃ……。やっぱり、ゆっくりちんたらしてたらダメなんだ……束の間の夢なんだ……」

「違う違う。テスト前だからいろいろ忙しいんだよお互い」

「そう言って二人はすれ違っていくのであった……」

「だから勉強しないとダメなんだって」

「一緒に勉強すればいいじゃんここで」

瑞奈が指で真下を指さす。

要するにまた唯李を家に連れてこい、ということらしいが……。

「ここで？　どうせ瑞奈邪魔するでしょ」

「やだなぁ。そんな野暮なことはしませんよ」

「余計なことばかり気にしてないで、いいから勉強しなよ」

「えぇ～……じゃあゆいちゃん来たら勉強する」

「本当に？」

うんうんうんと瑞奈は激しく首を上下に揺する。

前回のときのように、案外第三者の言葉のほうが素直に聞き入れる……なんてこともあるかもしれない。

（だけどできる限りウチのことはウチで……唯李にあんまり迷惑かけるのもなぁ）

隣でテレビを見ながらケラケラ笑い出した瑞奈を尻目に、悠己はそんなことを考えていた。

◆　◇

翌朝、登校した悠己が自分の席でテスト範囲の問題集を解いていると、おしゃべりする女子の輪から戻ってきた唯李が「おはよ」と声をかけてきた。

唯李は身をかがませて悠己の机の上を覗き込みながら、「朝から精が出ますなぁ」と余裕そうな笑みを向けてくる。

なんでこいつこんな余裕なんだ……？　と唯李の顔をじっと見返していると、「そんな見とれちゃって、どうかした？」とにやにやしてくるので、あまり気は進まなかったが一応昨日の瑞奈のことを話してみる。

「……まぁ要するに、ニセ彼女の件がちょっと疑われてるのかなっていう」

「う～ん、そっかぁ～……」

唯李は難しそうな顔で顎《あご》に手をあてて唸る。

いくら隣の席キラーといえど、こうなってくると面倒事には変わりない。

そっけない反応もやむなし、と思っていたが、

「まぁでも、あたしがまた悠己くんちに顔出せばいいんでしょ？　おっけーおっけー」

唯李は指で輪っかを作ってみせて意外にも乗り気である。そのへんは徹底してくるらしい。

しかしすぐに思い出したように表情を曇らせて、

「ん～、でも今日凛央ちゃんと勉強する約束してたんだけどなぁ～」

「いや、それだったらそっち優先で全然いいんだけど」

「まあ瑞奈ちゃんのためだからしょうがないよね～。しょうがないか～」

と言いながらスマホを取り出して何やら操作しだした。

もしかして凛央に断りでも入れているのだろうか。それだとこちらが割り込んだようで悪いと思い、

「でも先に約束してたんでしょ？　二人はマックスハートなんじゃなかった？」

「そうそう、そういうドタキャンかましてもオールオッケーな間柄なの。ほら、凛央ちゃんも『全然大丈夫気にしないで！』って」

唯李がスマホの画面を見ながら言う。もう返信があったらしい。

なんだか体をブルブルさせて地団駄踏んでそうなイメージが浮かんだが、実際どうなのか。

しかし本人がそう言うのなら、おそらく大丈夫なのだろう。

そして放課後、唯李とともに帰宅する。

一緒にリビングに入っていくと、ソファーに深く腰掛けてスマホをいじっていた瑞奈がぱっ

と身を起こして、パタパタと駆け寄ってくる。

「わ～！　ゆいちゃんだゆいちゃ～ん！」

まさか本当に来ると思っていなかったのか、瑞奈はキラキラと目を輝かせて唯李に抱きついていく。

いつの間にかの好感度マックス。悠己もやや困惑気味にこっそり唯李に目線を送る。

「……唯李と瑞奈ってそんな感じだったっけ？」

「そうそう、唯李ちゃん人気者だから。泣く子も黙るってやつよ」

「それなんか意味違くない？」

そういう本人もこの熱烈な歓迎にちょっとびっくりしている感がある。

ベタベタとまとわりついてくる瑞奈に対し、若干腰が引けてしまっている。

「おほ～お尻やらか～」

「ち、ちょっと！　瑞奈ちゃん！」

前回の一件やら何やらがあって、瑞奈の中でなにか変化があったのだろう。

単純にこいつはいける、と舐めきっているだけなのかもしれないが。

瑞奈はさわさわと唯李のお尻を撫で回しながら、

「ゆきくんもやってみる？」

「おっ、いいの？」

「ダメに決まってんだろ」

何をさらっと乗っかろうとするわけ？　と唯李に睨まれてしまい本人ＯＫが出ない。

すると瑞奈が不満そうな顔をして、唯李につっかかっていく。

「え〜付き合ってるのに〜？」

「そ、そういうのはまだまだ先なんです！　健全なお付き合いですから！」

唯李がしっしっと手を払う仕草《しぐさ》をすると、瑞奈は口をとがらせながら悠己のそばに逃げてきたので、頭に手を置いて撫でてやる。

「今日はちゃんと服着てるね。えらいぞ」

「えっへん」

瑞奈はすまし顔でにやりとしてみせる。

Ｔシャツにハーフパンツという部屋着ではあるが、上下ともにしっかり着衣している。

これに関しては注意しても一向に改善しなかったので、なるべく褒めて伸ばす方針にした。

瑞奈にしてみたら服を着ているだけで褒めてもらえるので、とてつもなくハードルが低い。

「下着つけないでいると、さらなる解放感が得られることに気づいた……」

「もっと頑張りましょう」

やはり褒めて伸ばすのもそう簡単ではない。

瑞奈は悠己と唯李の手を同時に片方ずつ取ると、「そんなことより二人とも立ってないで座って座って！」と言って腕を引いて、ソファに座るよう勧めてくる。

二人一緒に腰掛けたあとも瑞奈はさらにせわしなく動き、一度台所に引っ込んだかと思うとグラスに飲み物を注いで持ってきた。お茶のようだが、二つとも水かさがバラバラだ。

瑞奈はそれをテーブルの上に置くと、

「どうぞ、ごゆっくり。お勉強がんばってね」

そう言ってリビングから出ていった。

まるで自分が母親にでもなったような態度だが、一番勉強を頑張らなければならないのはお前だぞと言いたい。

それにしてもいったいどういう風の吹き回しかと、なんとなく瑞奈が出ていったリビングの入り口付近に視線を送ると、ちらちら陰からこちらを覗き見ている顔と目が合った。

瑞奈は一度頷くなり、ぐっと握り拳を振りかざして「今だやれ、いけ！」とジェスチャーをしてくる。

昨日も「付き合ってるなら、もっとこう……スキンシップがね」というようなことをブツブツ言っていた。

どうやらニセ彼女の件を疑い始めている……というよりか、単純に仲が全然進展しないのが気に入らないらしい。

ちなみに隠れセコンドをする瑞奈は、角度的に唯李からも丸見えである。

ちら、と唯李の顔を見ると案の定苦笑されたので、代わりに弁解を入れる。

「なんかその、このままだと俺が唯李に振られるんじゃないかっていう心配をしてるらしくて……」

「へ、へえ～……それはお兄ちゃん思いだこと。それで？」

「要するにこう、ちょっと軽くスキンシップをしてみせればいいのかなと」

「す、スキンシップ？　そう言ったって、何を……」

「んー……じゃあ前みたいにほら、膝枕とか？」

「……それ自分がしてほしいだけでしょ」

「そうだけど？」

お互い顔を見合わせて謎の沈黙が起こる。

唯李は何か言いたそうだったが結局口にはせず、代わりにこほん、と咳払いをすると軽く座り直して姿勢を正した。意外にもこれはオッケーのサインか。

かと言ってこの状況で嬉々として膝に飛びこむのは少しためらわれる。

「なんかちょっと恥ずかしいな」

「へ、へえ……悠己くんにもそういう感情あったんだ……」

「人をロボットみたいに言うのやめてくれる？　妹に見られてると思うとちょっとね」

「そりゃそうね。マニアックなプレイみたい」

視界の端では、ガッツを見せろと瑞奈が両拳を握ってポーズをしてくる。

ならばとひと思いに悠己が横倒しに頭を唯李の膝に乗せると、頬に体温と柔らかい感触が伝わってきた。

さらに太ももに顔を押し付けるようにぐでっと脱力すると、やや動揺気味の声が頭上から降ってくる。

「ち、ちょっと、そういう寝方……？」

「これが一番太ももの肉の感触を味わえるんだよ」

「な、何その変態っぽい解説！　ていうか変態でしょ⁉」

「唯李の膝は最高だよ。まぁ他の膝を知らんけど」

「……悠己くんってなんか浮気しそうなタイプだよね」

「どうして？」

聞き返しながら下から仰ぎ見ると、唯李はぷいっとそっぽを向いた。

と同時に頭がガクガクと揺れ始める。

いったい何事かと思えば、唯李が膝を小刻みに上下させだして、

「はい一回二回さんか～い」

「リフティングやめて」

「軽い頭だなぁ～。中身空っぽかな～？」

たまらず、ぱっと上半身を起こした悠己が無言で唯李の顔を見つめると、唯李は軽く顔を傾けながら、

「あれ、怒った？」

「割と」

「わかりづらいな」

今度は悠己がふい、と目線を外してあさってのほうを見る。

するとちょうど、「あんもう何やってんの！」と言わんばかりに拳を振り下ろす瑞奈の姿が見えた。

さらにその視界を塞ぐように唯李が身を乗り出してきて、少し気がかりそうな表情で顔を覗き込んでくる。

「もう、ごめんったら。怒ってるの？」

「いや怒ってないよ」

「どないやねん」

「いいからやり直し」

「……悠己くんって実は欲望に忠実な子だよね」

悠己はじとっとした目つきを向けてくる唯李をまっすぐ見返す。

「ダメならダメで、もしいいよってなったらラッキーって思って」

「ダ、ダメっていうか……。仮に、本当に付き合ってるんだったら、それぐらいは別に……」

そう言いよどんだ唯李は、薄く頬を染めながら何か訴えるような上目遣いをして、何度かまばたきをする。

何やらためらいがちにしているが、そんな当たり前のことをご大層に言われてもだ。

仮に本当に付き合っているんだったら、いちいちこんな伺いなど立てたりしないという話。

そうこうしているうちに視界の隅で「今だやれ、やれ！」とファイティングポーズを取ってジャブを繰り出す瑞奈の姿がちょいちょい見切れる。

「はいはいわかった、わかりましたよ」

すると空気を読んだのか、唯李は一度腰を浮かせて体をにじり寄せてくる。

そして悠己のほうへ顔を向けて、

「しゃんとして、背筋伸ばして。そのまま、動かないでね」

いろいろと注文が細かい。

いったい何をするつもりなのかと指示されるがままになっていると、唯李がこてんと頭を倒して、悠己の肩に寄りかかるようにしてきた。

「おっ、いい感じかも」

「で、でしょ～？」

しかし実際は肩に乗せているようでギリギリ乗せていない。首がしんどいらしく、若干首筋がぴくぴくしている。

　見栄え的にはこれでセコンド側も満足かと様子を窺うと、いつの間にか瑞奈がスマホを構えてレンズをまっすぐこちらに向けていた。

「って待て待てーい‼」

　するとそれに気づいた唯李がぱっと立ち上がって、大股に瑞奈に詰め寄っていく。

　さっとスマホを背中に隠す瑞奈に向かって、

「今撮った？　撮ったでしょ⁉」

「撮ってますん」

「どうぞごゆっくりって、それで自分は何をやってるわけ！」

「せっかく二人のラブラブツーショットを撮ってあげようと思ったのに……」

「そ、そういうのはいいから！　瑞奈ちゃんもテストなんでしょ？　勉強しなさい！」

「え～～。今はちょっと時期がね……風水的に……」

　やはり完全に舐められていて唯李では手に負えそうにない。

「昨日唯李が来たら勉強する」と言ったのは嘘かと悠己が加勢しようとすると、

「じゃあゆいちゃんがゲームで勝ったらいいよ」

「ゲーム？」

　不思議そうな顔の唯李を置いて、瑞奈は一度自分の部屋に引っ込むと、持ち運びのできるゲーム機を持って戻ってきた。

　そしてそれをリビングのテレビに接続し、ゲーム画面を出力する。

「これで対戦ね！」と瑞奈がコントローラーを操作しながらテレビを指さして言うと、唯李はにやりと不敵に笑った。

「ふうん、何かと思えばマスブラねぇ……受けて立とうじゃない」

　画面に映っているのは、キャラクターを操作して戦わせる対戦型のアクションゲームだ。

　悠己も以前瑞奈に付き合わされて無理やり対戦させられたが、コミカルな見かけとは裏腹に操作が複雑で奥が深く、悠己にはさっぱりだった。

「やめたほうがいいよ、瑞奈はムダにゲームうまいから」

「うまいって言ったって、よちよち上手だね〜ってレベルでしょ？　こちとらガチじゃい、女子供に負けるかい」

　悠己が止めるのも聞かずに唯李はテレビの前にどっかと腰を据えると、舌なめずりをして一人で息巻きだした。

　瑞奈が持ってきたゲームコントローラーを手に取り、慣れた手つきでスティックを回してボタンをカチャカチャと押してみせる。

　どうやらすっかりやる気で、そうとう腕に覚えがあるらしい。

「へえ、唯李ってゲームとかするんだ？」

「あたしが何のために掃除洗濯炊事《すいじ》その他諸々やらされ……やってると思う？　家でゴロゴロしてても文句言わせないためよ」

唯李はなぜか得意げに言う。

いっつも家でゴロゴロしてんのかこいつ……という悠己の視線をよそに、唯李は操作キャラクターをセレクトし始める。

「まあ最初は軽く揉んでやりますか」

「ふーん、大きく出たね。ゆいちゃんのぶんざいで」

「瑞奈ちゃん、負けても泣いちゃダメだよ？」

などと牽制し合いながら、いざ対戦スタート。

お互いしばらく様子見の状態で見合ってから、徐々に小競り合いが始まる。

それから両者次第に動きが激しくなり、あちこち飛んだり跳ねたりをしたあと、大きくキャラ同士がぶつかってまずは瑞奈が先制を決めた。

「へえ、瑞奈ちゃんなかなかやるねぇ～」

それでも唯李は余裕たっぷりに軽口を叩いてみせる。

が、それもほんの最初だけで、なおも瑞奈の攻勢が続くと「は？」「いやいや」などとブツブツ言いだして、だんだんと雲行きが怪しくなってくる。

そしてやがて「チッ」と舌打ちが飛び出して、しまいに「あっ！」と大きく声を上げたかと思えば、画面いっぱいに大きく「ＫＯ」の文字が表示された。

「うおっしゃ勝利〜〜‼　あれれ弱いなぁ〜ゆいちゃん調子悪いのかなぁ〜？」

「ま、まあ今のはキャラがね。相性がね……」

「そもそもサブで使ってるやつだしね」と唯李がキャラを替えて、再度バトルが始まる。

その間唯李は瑞奈のほうを見ようとせず、視線は画面に釘付けである。

対する瑞奈のほうは、ここで謎の集中力と器用さを発揮する。

脇から見ていると、キャラの動きもそうだが、なんというか指の運動量からして違い、素人目にも瑞奈のほうが相当上手なのがわかる。

「はぁっ⁉　今のハメだよ！　チートチート‼」

「ふっ、弱い者ほどよく吠える……」

またも一方的に攻めたてられ、いよいよ叫びだす唯李。かたや涼しげな顔の瑞奈。

しまいには瑞奈のキャラが、相手を煽るような奇妙な動作を始めた。

またそんな余計なことを……と悠己が唯李の顔を見ると、

「ぐぎぎぎ……」

効いてる。めっちゃ効いてる。

煽りによりさらに動きに精彩を欠いた唯李のキャラは、あえなくノックアウト。再び敗北を喫する。

が、息をつく間もなく唯李は無言でキャラを選び直し、すぐさま再戦を要求。

バトルが始まる直前、冷静に冷静に……と唯李は何度か深呼吸をしていたようだが、

「うっわ、当たる今の⁉ ないわ～ないわないわぁ～！」

対戦が始まるとまたすぐにやかましくなる。

傍で見ていてまるで小学……女子高生にしては少し慎ましさに欠ける気がしたので、

「唯李」

「なに⁉」

「ちょっとうるさい」

「ふんっ！」

肩のあたりを水平チョップされた。

しかしコントローラーから片手を離したその隙に、画面には「KO」の文字が。

唯李はここぞとばかりに悠己を指さして、

「あ～もう悠己くんがうるさいから負けちゃったじゃないの‼」

「俺のせい？」

「悠己くん！　ちょっとチェンジ！」

「ええ……やだよ俺これ苦手だし、やっても瑞奈に勝てるわけない……」

「ちがう！　瑞奈ちゃんと！」

「え？　なんで？」

「いいから！」

わけもわからず瑞奈と交代させられ、有無を言わせずバトルスタート。

当然慣れておらずろくに操作もおぼつかない悠己は、唯李に一方的にボコられてあっという間に終了となる。

「イエーイ勝った勝った〜！」

コントローラーを手放した唯李が、満面の笑みで両手を上げてガッツポーズ。

その裏で、悠己は一部始終をおとなしく眺めていた瑞奈と無言で顔を見合わせる。

すると瑞奈がこれまで見たことのないような優しい目をして、唯李の顔を横から覗き込んだ。

「ゆいちゃん……ごめんね？」

「……な、何が？」

そうとぼけてみせるが唯李の顔は見るからに引きつり、目が右に左に泳ぎまくっていた。

「よしよし、唯李も上手だったよ」

そう言って悠己が頭を撫でてやると、唯李は肩をビクっとさせたあと、顔を赤くしながら悔しそうに口を結んで睨んできた。

だが悠己の真似をした瑞奈にも「よしよし」とやられると、唯李はぱっと顔を伏せて、それきり沈黙してしまった。

ぼっち飯ガチ勢

「でさあ、このＴｈａｔがさあ……」

翌朝悠己が教室に入っていくと、昨日の朝騒いでいた女生徒——凛央がノート片手に唯李の机に取り付いていた。

あれこれ質問をする唯李に対し、「うふふ、それはねえ……」と上機嫌に答えている。

どうやら唯李は秘密兵器に教えを乞《こ》いながらお勉強中のようだ。

席についた悠己が、昨日のお返しとばかりに「朝から精が出ますなぁ」と横から唯李に声をかけると、

「ぷいっ」

「ん？」

「ぷいーっ！」

謎の呪文を唱えながらそっぽを向かれた。

もしかして昨日のゲームのことをまだ根に持っているのか。なんという負けず嫌い。

するとすかさず凛央がギロっと鋭い眼光を飛ばしてきて、これみよがしに悠己と唯李の机の間に回り込むと、まるで悠己を隔離するように背を向けて立ちふさがる。

両人ともにずいぶん嫌われたものだなぁ、と悠己はカバンの荷物を机の中に整理しながら頭の中でぼやく。

ならばとこちらもおとなしく勉強を始めることにする。うるさくなくて逆にちょうどいい。

そう思った矢先、小さくちぎった消しゴムの切れはしが横から机の上に飛んできた。

何事かと隣を振り向くと、唯李が凛央を盾にするようにしてひょこっと顔を覗かせてこちらを見ている。

「……何?」

「アイテムで敵を妨害」

そう言って唯李はまたさっと凛央の陰に隠れた。

文句を言おうにも、立ちはだかった壁（凛央）が睨みつけてくるという厄介な布陣。

仮に消しゴムを投げ返しても、すごい勢いで弾き返されそうだ。

結局そのまま凛央は、ホームルーム開始のチャイムが鳴るまでその場に居座った。

そして昼休み。

今日は朝登校前にコンビニでおにぎりとパンを買ってきた。

悠己がカバンからコンビニの袋を取り出そうとすると、隣の唯李の席に一人二人と女子が集まってきて椅子を寄せ合い出した。

すぐに女の子ランチタイムが始まってしまい、早くもぺちゃくちゃとうるさい。

昼休み中隣でずっとこの調子でやられるのは、さしもの悠己も少しばかりしんどい。

やかましさから逃れるように窓のほうへ視線を泳がせる。二階の窓からは、たなびく雲間から燦々《さんさん》と降りしきる陽光が見える。

今日は天気もいいし風もあって涼しいしで、このまま一日教室にすし詰めになっているのももったいないような気がしてきた。

（どうせなら外で食べようかな）

どのみち一階で飲み物を買ってこないといけない。

急にそう思い立った悠己は、昼食の入ったコンビニ袋を携えて席を立った。

そして一階購買付近の自販機でペットボトルを購入し袋の中に詰めると、そのまま外に出て校舎周りをうろつく。

気温はさほど高くないとはいえ、さすがに日向《ひなた》は少し暑い。

日陰を探してうろつくが、木陰にあるベンチなどはすでに他の生徒に場所を取られてしまっている。

（みんな考えることは同じか……）

しかし今さら教室に戻るに戻れない。

すでに悠己の席は、唯李の仲間に侵食されている可能性大。

悠己は安息の地を求めて、校舎の中庭、さらに裏庭のほうに入っていく。

砂利道を通りすぎて焼却炉、教職員の車が止まっているスペースを通りながら、どこか座れそうな場所を探す。

さすがに昼休みにここまで来る人もいないだろう、とタカをくくっていたが、裏手の花壇《かだん》のレンガに仲良く腰掛ける男女を見つけてしまい、さらに奥へ奥へ進んでいく。

そして校舎の裏側、いよいよよくわからない狭い通路に入り込んでしまって、いい加減引き返そうかと思いながら角を折れると、ふと人の気配がした。

何気なくそちらに視線を向けると、建物と塀の間の少しくぼんだ謎スペースに一人座り込んでいる女子生徒の姿があった。

「あっ」

と、つい声が出てしまう。

するとぱっと顔を上げた相手も、まさに「あっ」という表情で固まった。

目が合った瞬間、何やらどこかで見覚えがあると思ったら、今朝教室でものすごい睨んできた人によく似ている。

とはいえ、まさかこんなところにいるはずもない……他人の空似だろうと思い、悠己はあまり見ないようにして会釈をして通り過ぎようとする。

「ちょっと！」

だがすぐに呼び止められ、肩をぐいっとものすごい勢いで持っていかれた。

後ろを振り向かされると、顔を赤くした女生徒がえらい剣幕で睨みつけてくる。

声もここまで似ているとなると、やはりこの方は、かの花城凛央本人で間違いなさそうだ。

「いっ、今！」

「いま？」

そこで一旦凛央は目線を落として何やらためらっていたようだったが、やはりキッと鋭い眼光を浴びせてきて、

「『うわ～なにこのひと一人で隠れてぼっち飯してるきも～いありえな～い』という目で私のことを見たでしょ！」

「そんな目で見てませんけど？」

「じゃあさっきのヤバイもの見たけど見なかったことにしよう、みたいな反応は何⁉」

「いや俺リアクション薄いんで」

「リアクションが薄いとか濃いとかそういう話じゃない！」

ぼそぼそといつもの調子の悠己とは対照的に、凛央は髪を振り乱して食ってかかってきた。

普段のクールな印象はどこへやら、見るからに平静を失っている。

「……何でこんなところにいるの？」

「そ、そっちこそ何をしているのよ、こんなところで」

「いや、ご飯食べるのにいい場所ないかなって」

「それは……ひ、一人で？」

「分身して見える？」

そう言うと、凛央はほっと安堵《あんど》したように表情を緩めて、

「な、なあんだ、君も同類じゃないの！　そうよね！　そうに決まってるわよね！　アハ、アハハハハ！」

まるでキワモノキャラを従える悪役女幹部のように、高らかに笑い出した。

これはこれでちょっと怖い。かと思えばいきなりすっと真顔に戻って、

「何よ？　笑いなさいよほら。おかしいんでしょ？」

「いや、俺手下とかじゃないし……別に面白くもないし」

そう返すと凛央は「はあ……」とがっくり肩を落として、急にテンションガタ落ちになる。

やはりこの人もたいがい精神が不安定なようだ。

とりあえず凛央のことはさておき、悠己は改めて周りを見回す。

この場所は陽も当たらず陰になっていて、時おり通路を涼しい風が吹き抜ける。そして何より静かだ。

凛央が座っていた場所は建物のコンクリート部分が突き出しており、ちょうど腰掛けられるようになっている。

傍らには小型の手提げバッグと、食べかけらしい弁当箱が置いてあり、試しに悠己も座ってみるとなかなかに良い感じだ。

「ちょっと。何を勝手に……誰の許可を得てるわけ？」

腕組みをした凛央が、ムスっとした顔で見下ろしてくる。ぼっち飯にも熾烈《しれつ》な縄張り争いがあるらしい。

とはいえガチ勢の人とやり合う気はサラサラなかったので、「じゃあ……」と腰を上げて立ち去ろうとすると、

「ま、まぁ、どうしてもって言うなら、特別にここで食べさせてあげなくもないけど」

「いやぁいいよ、邪魔したら悪いし、なんか怒ってるみたいだし」

「お、怒ってないわよ！　別に……普通よ普通！」

「言い方がもう怒ってる」

そう返すと、凛央はむぐっと口をへの字に結んで、笑おうとして失敗したのか変な顔をした。

そしてやはり威圧的な態度で、

「いいから言うとおりにしなさい。タコさんウインナーあげるから」

「やった」

結局悠己は言われるがままに、コンクリートのへりに腰を落ち着けた。

凛央はその隣に座ると、置きっぱなしだった弁当箱を手に持って悠己に差し出してくる。

ほとんど食べ終わりの弁当の中から、悠己は生き残っていたタコさんウインナーをひょいっとつまんで口に入れた。

うまそうに食べる悠己を見て、凛央はにやりとする。

「ふっ、食べたわね……。これで君も同じ穴のムジナ……いわば共犯よ。今度生意気な態度をとったら、人知れずぼっち飯をしていたと言いふらすわ」

「別にいいけど」

誰に言われようとその程度ノーダメである。

凛央はしてやったりという顔だが、いきなりそんなことを言っても変人扱いされるのは自分のほうでは？　と悠己は思う。

「唯李に教えてあげようか？　凛央ちゃんが一人でご飯食べてたよって」

「そ、それだけはやめて！　くっ、なんて鬼畜な……」

凛央はまるで捕まった女騎士のごとく睨みつけてくる。

唯李に一緒に食べるように言ってあげようと思っただけなのだが。

(というか一緒に食べればいいのに……)

だがまあ、すでに同じクラスでグループを作ってしまっていると、そこに入っていきづらいのは確かだ。

それにこうやって一人で食べるのが好きなのならば、余計な口を出すこともないだろう。

悠己としてはなかなかにいい場所を見つけてホクホクだ。

「んーじゃあ、お礼に凛央ちゃんには……」

「ちょっと待って、さっきから……君に凛央ちゃん呼ばわりされる覚えはないんだけど？」

「唯李がそう呼んでるし」

「それは全然理由になってない」

凛央ちゃんは特別な呼び方ということなのか。

もはや知らない仲でもないし、別に構わないかと思ったのだが。

「じゃあなんて呼べばいいかな？」

「そ、そんなの知らないわよ。自分で考えなさい」

取り付くシマもない。それでも何か思うところあったのか、凛央は少しして言い直した。

「……まぁどうしても呼びたいなら、名字プラスさんづけが普通でしょ。それがスタンダードよ」

「リーオーっていう量産機知ってる？　主人公が乗ると強くなるやつ」

「知らない。だから何？」

一応和ませようとしたのだが、それで呼んだら殴るぞと言わんばかりの目つき。

「じゃあ凛央でいいか」というと、凛央はまだ何か気に入らなそうな硬い表情をする。

（唯李といるときはあんなにニコニコなのに……）

ふとそんなことを思って、唯李と二人でいるときの凛央の様子を思い浮かべていると、悠己の頭の中に突如名案が浮かんだ。

「あっ、そうだ。唯李のかわいい写真あるよ」

「えっ？」

悠己はスマホを取り出して画面に写真を表示させる。

いつぞやのラインでスマホに送られてきた唯李のキメ顔写真だ。

何気にお気に入りなのでしっかり保存してある。

「これの何がいいって、笑顔がいいよね。憎たらしいぐらいのドヤ笑顔。凛央もこんなふうに笑ったらいいのに」

「なにそれ、急に何を言い出すかと思えば……」

「唯李といるときの凛央が笑ってる顔がかわいいって、みんな言ってたよ」

「は、はぁ？　みんなって誰よ？　そんな勝手に人のこと……だいたい、面白くも楽しくもないのに笑えるわけないでしょ。そもそもどうしてそんな写真を持ってるわけ？」

「どうしてって、向こうが送ってきたから……じゃあ凛央にもあげるよ。ラインで送ればいい？」

「えっ、ラ、ライン……？　それは私と、ライン交換するってこと？」

「送れないでしょそうしないと」

何を当たり前のことを言っているのか。

凛央が挙動不審に目を泳がせ始めたので、

「まあ嫌ならいいけど」

「し、しょうがないわねぇ……交換してあげてもいいけど」

と言って凛央はしぶしぶスマホを取り出したはいいものの、いつになっても交換する準備ができないでいる。

緊張しているのか何なのか、なぜか若干手元が震えていて全然進まない。

「違う、そこのマーク押して」

「し、知ってたわよ！　ちょっとど忘れして……」

あっ、こいつ慣れてないな……と悠己は心の中でほくそ笑む。

しかしそういう悠己自身も、この前唯李と交換したときにグダグダだった。

やっとのことで無事IDの交換が終わると、

「漢字フルネーム……ふっ、初心者丸出しね」

「ぷっ、RIOだって」

「何笑ってるのよ！　べ、別におかしくないでしょう⁉　いいから早く、写真は！」

「ああでも、よく考えたら一応本人に確認取らないとまずいかな？」

「ゆ、唯李に？　だ、ダメよこういうのは本人に気取られないようにコソコソと……」

何やら早口でブツブツ言っているのをよそに、早速ラインで唯李にメッセージを作成する。

『この前の唯李の写真、凛央にあげていい？』

と今送ったところで、どの道そんなすぐ返信はこないだろうと思っていたが、

『絶対ダメーーーー！！　あげたらぶっ殺し！　ていうかそれ今すぐ消しなさい！』

と凄《すさ》まじい早さと勢いで返ってきた。

「絶対ダメだって」

「えっ……そ、そんな……どうして……」

「ケチだよね。減るもんじゃあるまいし」

写真ぐらい別にいいじゃないかと思う。そもそも勝手に自分で送りつけてきたくせに。

凛央が口半開きのまま抜け殻のようになってしまったので、とりあえず持ってきたコンビニ袋からペットボトルを取り出し、栓を開けて飲み始める。

そうして一息ついていると、凛央が座る側に飲みかけのペットボトルが一つ置いてあるのに気づいた。

偶然にも悠己が手にしているのと同じ、毒々しい色をした炭酸飲料だ。

「あ、それ……」

「な、何よ？」

「ほら同じ。凛央もド○ペ好きなんだ？」

ハッとした凛央はそれには答えず、慌ててペットボトルをひっつかむと、隠すように傍らに置き直した。

さらにこちらの挙動を警戒している凛央を尻目に、悠己は袋からおにぎりを取り出し、封を切って食べ始める。

頬張って咀嚼《そしゃく》していると、じっと悠己を見つめてきた凛央は何が気に入らないのか、

「もぐもぐもぐもぐと能天気に……。状況わかってるわけ？」

「おいしい。幸せな状況だね」

「はあ？　こんなところでコソコソ食べてるのに幸せ？」

「割と」

隣でぺちゃくちゃうるさい教室の自分の席に比べたら天と地の差。

温度も快適、そして時おりかすかにそよいでくる風が気持ちいい。

「ご飯食べてここで昼寝したら気持ちいいだろうね」

「じゃあ寝ている隙に私が懐《ふところ》から財布をかっさらう。それで不幸でしょ」

「なんでそんなこと言うわけ」

「そっちがふざけたこと抜かしてるからでしょ。そうやって無理やり自分は幸せだとか言って……私、そういう人を騙す嘘つきが嫌いなの」

凛央はきっぱりそう言い捨てるが、もちろん嘘でもないし騙す気など微塵《みじん》もない。

「そんなふうに言うなら、こんなところにいないで誰かと一緒に食べればいいのに。前もほら、グループで騒いでたじゃん。下駄箱で」

「あれがそんな仲に見える？　あれは勝手に人をそれらしいキャラか何かに見立てて、ふざけて私をからかってるだけよ」

凜央は忌々しげに唇を噛む。

どうやら慶太郎や園田のしていた話とも、少し齟齬があるのかもしれない。

「でも本当はそういうキャラなんでしょ？　隣の席ブレイカー」

「何よそれは？　勝手に変なあだ名つけるのやめてくれる？」

凜央は最後に残っていた卵焼きを口に入れると、弁当箱を片付けながら、

「……だから風紀委員とかクラス委員だとか、そういういかにもなのを選ぶのはやめたの。おちゃらけて不真面目な人間は嫌いだけど、もう私が何を言ったってバカにされるだけだから、端《はな》から相手にしないだけよ」

「ふうん……じゃあそのせいで友達がいないってこと？」

「そ、そんなこと言ってないでしょ？　第一私には、し、しし、親友がいるんだから……」

そう言いつつ噛み噛みなのは、何かやましいことでもあるのか。

悠己に思い当たるフシがあると言えばもちろん、

「それって唯李のこと？」

った。

「そ、そうよ、悪い？」

親友と言うくせに、テスト前になるまで唯李の口から凛央という名前はただの一度も出なかった。

しかも隣の席の悠己が、これまで一度も凛央の顔を見たことがなかったのだ。

「その割には遊んだりしてないよね？　一緒に帰ったりとかもなさそうだし」

「そ、それは、お、お互い予定が合わないところがあるから……」

しかし今のこの状況で言われても説得力ゼロ。

それは本人もわかっているのか、言いよどんだ凛央は目線をそらすと、地面を見つめたまま何やら思いつめたような表情になった。

それからしばらく無言の間があったのち、突然ぱっと顔を上げたかと思うと、凛央はわなわなと肩を震わせだして、

「そ、そうよ！　どうせ私は、都合のいいときに呼び出される女なの！　実際私は、唯李のたくさんいる友達のうちの一人にすぎないのよ！　この前だって一緒に勉強する予定をドタキャンされたし……」

やはり根に持っていた。

それに関しては悠己がここで自分のせいだとは言い出しづらい。

だが唯李自身、「ドタキャン？　凛央ちゃんならオッケーオッケー」と余裕だったのだ。

「まぁ唯李もアレはアレでいろいろと問題ありだからね、別にそこまで唯李にこだわらなくても……」

「ゆ、唯李のことを悪く言うのはやめなさい！　とにかく唯李だけは他の子とは違ったのよ！　本当は私だって、もっと唯李と遊びたいの。一緒に帰ったりとか、夜ラインしたりとか、休みの日に遊んだりとか……」

「すればいいじゃん」

「だから！　いつも向こうから話しかけて来て、私がしょうがないわねぇって言う感じの流れになってるの！　それが私のほうから『遊んで遊んで～！』なんて言えるか！」

「ぶふっ」

「何笑ってんのよ！」

「いや想像したら面白くて」

普通に今の言い方がかわいかったので、そのまま唯李に言ったら喜んで遊んでくれそうだ。

なのにその当人たるや、悠己が吹き出したのが気に入らなかったのか今にも掴みかからんばかりに怒り心頭である。

「凛央は美人で頭もいいのに、なんでそんなにひねくれてるの」

「美人で頭がいいって、それがどうしたっていうの。唯李のほうがかわいくて明るくて優しくていつも元気で輝いていてみんなからも愛されていて……」

「それは美化しすぎだと思う」

言うてそこまで愛されてないような気もする。

この前も隣でグループで会話しているときに「ちょっと唯李黙っててくれない？　話進まないから」とか怒られてた。

昨日だってゲームで負けてへそ曲げてそれを翌日まで引きずるという、まさに小学生レベルのメンタリティ。

「そんなことないわよ。というかそもそも、成戸くんのような何の取り柄もなさそうな人が唯李に相手にされているのが謎」

かと思えば唐突に人様をディスってくる。留まることのない謎の唯李アゲ。

やはりこれは隣の席キラーに惑わされているとも言える。

お遊びで隣の席の人を落とすとどうなるか……落としてハイ終わり、ではなくここは唯李にきちんとアフターケアもさせて、責任を取らせなければ。

「要するに凛央はもっと唯李と仲良くなりたいけど、自分から誘ったりするのが恥ずかしいってことでしょ？　わかった、じゃあ明日かあさっての土日、一緒に遊べるように俺が代わりに唯李を誘ってあげるよ」

「えっ？」

意外な申し出だったのか、凛央はまつげを大きく瞬かせて声を詰まらせた。

「そ、それは、ありがたいけど……けどどうして、急にそんな……」

「ド〇ペ好きに悪い人はいない」

「は、はあ？　何それは……。でもそれだと私が、なんでもないような顔してたくせに実は必死、とか思われたり……」

「わかってるわかってる、凛央の名前は出さないよ。つまりこういう作戦で……」

特に誰に聞かれるという恐れもなかったが、悠己はなんとなく声をひそめていく。

興奮のためか若干頬を紅潮させた凛央は、膝をつめて体を傾かせ、素直に悠己の口元に耳を寄せてきた。


凛央とともに昼食を終えた悠己は、それから予鈴ギリギリに教室に戻ってきた。

ちょうど唯李の周りからは人がいなくなっていた。悠己が席につくと唯李が一度ちらっと視線をよこしてくるが、すぐに手元の暗記手帳らしきものに目を落とす。

ふと、今日はなんだかんだで唯李とまともに会話をしていないことに気づく。

別にこちらが避けているわけではないのだが、向こうがなんとなく避けてくるというか、珍しく話しかけてこない。

それどころか何か話しかけにくい空気を作ってきている感じもするが、用件のあった悠己はそんなことはおかまいなしに声をかける。

「ねえ唯李。土日ってどっちかヒマ？」

唯李はぴくっと肩を揺らすと、ゆっくりと悠己のほうを振り向いた。

「ヒマ……だったら何？」

「また一緒にどこか出かけようかと思って」

そう言うと、唯李は二度見するように視線をよこしてきて、

「それって、また瑞奈ちゃんがどうとかって？」

「瑞奈は関係ないよ。俺が唯李と遊びたいなぁって思って」

「ほーん……」

変な声を出した唯李は、口を縦に開けたまましきりに顎を触りだす。

また謎の発作かな？　とその仕草を眺めていると、唯李はごまかすように得意のにやにやドヤ顔を作った。

「え～あたしとぉ？　またデートしたいのかなぁ？　どうしたのかなぁ急に～」

「返事はイエスかノーかで簡潔に」

「ちょっとぐらい泳がせろよ」

どうも唯李の態度がトゲトゲしい。

いつもこんな感じだと言われたらそれもそうかもしれないが、一応思い当たるフシを尋ねてみる。

「なんか今日機嫌悪そうだね。もしかして昨日のゲームのことまだ根に持ってる？」

「は、はぁゲームぅ？　やだもう、そんなワケないじゃな〜い。こ、子供じゃあるまいし！」

「じゃあその不機嫌な感じは何？」

　そう返すと、唯李はぐっと口を結んで、何やらぼそぼそと口ごもる。

「……ゲームっていうか、二人して子供扱いしやがってぇ……」

「え、何？」

「ち、違います！　不機嫌とかじゃなくて……そりゃあ、今テストで悠己くんとはVSだから！

唯李凛央チームで二対一でL字取ってボコボコにするから」

まるで一人でCPU戦をしているところにペアで乱入してくる反則スレスレのこの行為……

いやもはや反則だと思うのだが、やはりこれは相当なひねくれ加減。

　まあそれでこそ更生のし甲斐《がい》があるというものだ。

「でも悠己くんがそこまで言うならしょうがないなぁ〜。土曜？　日曜？　何時何時？　どこに集合？」

「あれ？　敵なんじゃなかったの？　というか凛央と勉強はしないの？」

「ん〜……まあ、勉強はいつでもできるし。土日ぐらいはバトル休止でもいいかなって」

　テスト前の今勉強しなくていつするつもりなのか。

　唯李はうってかわって声を弾ませ、身を乗り出してくる。

そう来られると何か企んでいるのではと、逆にこちらが引き気味になってしまう。

「う～ん……じゃあとりあえずウチ来て」

「わかった、悠己くんち行けばいいのね」

「朝は眠いから午後からでいいかな」

「えー……むしろ午後から眠くなるし……。いいよ、じゃあ早めに行って午前中は瑞奈ちゃんと遊んでるから」

このようにいろいろとふっかけても食らいついてくる。

暇なのかな？　と思ったが、それならそれでこちらもやりやすい。

「それにしても悠己くんから誘ってくるなんて明日はラグナロクかな？」

「テストどころじゃないねそれは」

「ねえそういえばさっきの、凛央ちゃんに写真がどうたらって何だったの？」

「なんでもない」

「なんでもないってことないでしょ。何なの？　アレは消してよねほんとに」

唯李が疑り深い目で「何か企んでんじゃないでしょうね？」とグチグチ口やかましくなる。

よくよく考えれば本当はこんなことをしている場合ではないのだが……。

せめてテストが終わってからにすればよかったかな、と悠己は早くも後悔し始めていた。

悠己の作戦

「ゆきく〜〜〜ん！」

「おにーちゃ〜〜ん！」

「ゆ・う・き〜〜〜〜‼」

「ラ・ムゥゥゥゥゥゥ！！！」

激しい超音波攻撃によって目が覚める。

ぱちりとまぶたを開くと、メガホンを構えた瑞奈がベッドの傍らで仁王立ちをしていた。

「やっと起きたなゆきくん！　お寝坊さんなんだから！」

「……瑞奈、今日は学校休みだよ。日曜日でしょ」

「今日土曜日だよ！　んもう、寝ぼけて！　ほらはやくおきておきて！　ちゃんゆい来てるよちゃんゆい！」

「チャン・ユイ……？」

どこその怪しい中国人か……？

と悠己は寝ぼけ眼《まなこ》のままベッドから体を起こし、瑞奈に手を引かれてリビングへ出ていく。

すると見慣れない人影が近づいてきて、悠己の顔を覗き込むようにしてくる。

「おっ、起きたか〜。まったく、妹に起こされて情けないな〜」

「すいません、漢方薬とかそういうのは間に合ってるんで、お帰りください」

「何言ってるのこの人」

「も〜なに寝ボケてるの！」と瑞奈が再度メガホンを構えたので、また超音波を食らってはたまらんと耳を塞ぐ。

しかしそれもおかまいなしに瑞奈はめいっぱい背伸びして、無理やり耳にメガホンを近づけてキンキン声を浴びせてきた。

「いつまでもそんな格好してないではやく着替えなさ〜い！」

「くすくす、悠己くんパジャマだ〜。かわい〜」

左右から二人に挟まれてああだこうだと、寝起きにこれはとてもしんどい。

「……チッ、うるさいなぁ」

「今、軽く舌打ちしたよこの人」

「んも〜ゆきくん眠いと機嫌悪いんだから」

「これ機嫌悪いとかってレベルじゃなくない？　ほぉら悠己くん愛《いと》しの彼女ですよ〜」

「誰が？　寝言は寝て言いなよ」

「寝ぼけてんのはどっちだオイ」

すかさず「ちょっと、瑞奈ちゃん見てるよ！」との耳打ちが。

同時に目の前でふわっと髪が揺れて、かすかに甘い匂いが悠己の鼻をくすぐった。

「ああ、なんだ唯李か。おはよう」

「何で判断した今？」

「おいで、抱っこしてあげる」

「まーだ寝ぼけてやがんな」

悠己が両手を広げて待ち構えるが、唯李は警戒して一、二歩下がった。

代わりに一回り小さい影が悠己の胸元に飛び込んできた。

「じゃあ瑞奈がだっこしてもらうー！」

瑞奈の体がすっぽり収まると、悠己は背中に両腕を回して力任せに抱きしめた。

「ぐ、ぐぎゃあああああ‼」

「やっぱりそれどう見ても罠《わな》でしょ……ちょっと悠己くん、やめなさいってば！　なんで朝から妹にベアハッグかましてるの」

横入りにしてきた唯李によって獲物を引き剥がされる。

ふらふらになった瑞奈は唯李に体を支えられると、キラっと目を光らせ素早く身を翻し、

「ゆいー！　好きだー！」

スキありとばかりに、唯李のお尻にしがみついて頬ずりをかましていく。

「ちょ、ちょっと瑞奈ちゃん！　やめなさい！」

「ふう、ノルマ完了」

「誰？　誰にいくらもらってる⁉」

唯李が瑞奈のほっぺたをつまんでうにょにょとやる。

そんな光景を見ながら、悠己がぼんやりした頭で状況を把握しようとしていると、

「あーあー悠己くん髪ハネてる、すっごい寝癖だよ」

「直して」

「自分でやれ」

即突っ返されたが、すかさず瑞奈が櫛《くし》を持ってきてハイ、と唯李に手渡す。

唯李はつい受け取ってしまったという顔で櫛を持ったまま固まったが、期待たっぷりの瑞奈の視線に追い詰められたのか、おそるおそる悠己の髪に櫛を入れてくる。

「も、もう悠己くんったらぁ、し、しょうがないんだからぁ！」

「いた、いたた！　もっと優しく」

「……あまり調子に乗るなよ？」

ぼそっと低い声で呟く唯李の裏で、瑞奈がスマホのカメラをこちらに向けていた。

殺気でも感じたのか、すかさず唯李がぱっと背後を振り返って瑞奈に迫っていく。

「瑞奈ちゃん、まーたそうやって！」

「むふ、いい画《え》が撮れましたな」

「ちょっと見せなさい！」

二人がバタバタと追いかけっこをするのを眺めながら、悠己はぼうっと寝る前のことを思い出す。

昨晩は瑞奈がやっと寝静まったあと、遅くまで勉強していたはずなのだが……ふと気づいたら今のこの状況。

(そうだ、今日は唯李と凛央と……)

例の作戦……というほど大げさなものでもないが、約束をしていたのだった。

やっと我に返った悠己は、瑞奈と組み合いをして軽く髪を乱した唯李に向かって、

「ごめんごめん、今日俺が唯李を呼んだんだっけ。ちょっと寝ぼけてて」

「そうだもっとあやまれ。ドラ〇もんぽくあやまれ」

「すまんナリ」

「誰だよ」

時刻は十一時前、思ったより時間が押している。

何やらまだごちゃごちゃと揉めている二人を尻目に、悠己は一度リビングを出て洗面所で顔を洗い、自分の部屋に戻って着替えを済ませる。

そして再びリビングに戻ってくると、唯李と瑞奈がテレビの前でぎゃあぎゃあと騒いでいる声が聞こえてきた。

「ちょっと貸してみて、やってあげるから！」

「ダメ、瑞奈がやる瑞奈が！」

また懲《こ》りずに対戦しているのかと思ったが、一人用のゲームを二人仲良く……ではなくコントローラーを奪い合いながらやっているようだ。

最初の頃こそお姉ちゃんぶっていた唯李だが、早くも素が出てきているっぽい。

妹属性同士がぶつかるとやはりこうなるらしい。

「あ～またそこで落ちた！　も～ゆいちゃん下手！」

「いや今絶対ジャンプ押したから！　まったく反抗期かよこのヒゲオヤジ」

口汚いなぁ、と悠己は二人をよそに、遅めの朝食兼昼食をとろうと冷蔵庫を開ける。

ハムエッグにトーストでも、と思ったが卵がない。

じゃあ適当にジャムでも塗って……と小瓶を手に取ると、瑞奈の仕業か昨日の朝には半分以上あったはずのいちごジャムがほぼなくなっている。

微妙にすこ～しだけ残してあるのがいやらしいやり口だ。

何かもういろいろ考えるのが面倒になったので、ハムと食パンを一緒に口に放り込めばいいかと薄切りのハムを冷蔵庫から取り出して食卓につくと、

「悠己くん、ちょっと待ったぁ！」

突然テレビのほうからちょっと待ったがかかった。

唯李はソファの隅に置いてあった手提げカバンをひっつかんで、食卓のほうにやってくる。

「少し早いけどお昼にしよっか」

いきなりそんなことを言い出すが、何か作るにしても買ってこないとろくなものがない。

悠己が戸惑っていると、唯李はカバンの中からお弁当箱と大きめのタッパーを一つずつ取り出し、テーブルの上に並べた。

「ずゃずゃ〜〜ん！　お弁当〜！」

唯李はお弁当に向かってぱっと両手のひらを広げてみせる。

すると「お弁当」という単語を聞きつけたらしい瑞奈が、ゲームをほっぽって、どたどたと走ってきた。

「うおおおおべんとぉおおおお‼」

「瑞奈ちゃんの分もあるよ」

唯李がそれぞれ蓋を開けて御開帳するなり、椅子に座った瑞奈が飛びかからん勢いでお弁当箱を覗き込む。

そしてはっと大目を開けて指を差して、

「あっ、タコさんウインナー入っとるやんけ！　おまんら生きとったんかい！」

「みんな楊枝《ようじ》で串刺しになってるよ」

「ゆきくんなんでそういうこと言うの。いや〜タコさん何年ぶりかなぁ」

「むっ、その反応……ゆきくん、さては瑞奈に内緒でこっそり食べたな！」

「いや、別にそれくらい自分で作って食べられるじゃん」

「だからそういうんじゃないの！」

ずいっと悠己を押しのけた瑞奈は、これでもかというほどに弁当箱に顔を近づけ、いっぱいに詰められたおかずを見て絶叫していく。

「うおぉぉお卵焼きぃいい‼　唐揚げぇぇぇ‼」

そんな瑞奈の背後で唯李はくすっと笑いながら、

「ちょっと手抜きだけど、みんなで食べられるように質より量で」

「そんなことないよ、ゆきくんが作るやつよりおいしそう！」

裏切り者め。

だがまあ、悠己自身、異論はもちろんない。

お弁当箱のほうには三種類のおかずが入っているのに対し、タッパーの中には海苔《のり》の巻かれた俵状のおにぎりが整然と詰められていた。

なるほどおかずの種類で言ったらこの前悠己がもらった弁当よりは劣るが、これだけ数を用意するのはなかなかの手間だろう。

悠己は改めて唯李の顔を仰ぎ見て礼を言う。

「ありがとう唯李、わざわざこんなに作ってきてくれて」

「いやぁその、悠己くんも毎日ご飯用意するの大変かなぁって思って……」

唯李は頭をかきながら、少し照れくさそうに笑う。

つられて悠己も口元を緩ませ、なんとなしにそのままお互いじっと見つめ合っていると、横合いから瑞奈がグイグイと唯李の腕を引っ張り始める。

「ねーねー食べていい？　食べていい？」

「……あっ、うん。いいよどうぞ食べて食べて」

許可を得ると同時に瑞奈は歓声を上げながら手を伸ばし、ずっと狙っていたタコさんウインナーをひょいっと口に入れていく。

悠己も食パンをかじるのはやめて、タッパーに入ったおにぎりを手に取り、唯李にいただきますをする。

「びゃぁああうまいぃぃいい‼」

「瑞奈、静かに食べなよ」

「ゆきくんこそ、静かに食べてないでゆいちゃんにあーんしてあげなよ」

「ええ？　なんで」

「なんでってことないでしょ、付き合ってるのに！」

瑞奈理論によると、付き合っているならあーんしなければならないらしい。

そういえばそういう設定なんだった、と思い返した悠己は、ウインナーに刺さっている楊枝の先をつまんで、そのまま唯李の顔の前に持っていく。

「じゃあ唯李、あーん」

とやるが唯李は微動だにせず、なにか言いたげな顔でじっと視線だけを向けてきた。

軽く手元を揺らしてやるが、まったく食いつく気配を見せない。

「どしたの？」

「……悠己くんってそういうとこ、強いよね」

「強い？」

「いやなんか、もっと恥ずかしがれよっていう……」

そう言う唯李は恥ずかしいのか呆れているのか微妙な表情をした。

悠己は瑞奈によくやっているというか、やらされるのであまり抵抗がないというか、自身どうなのかよくわからない。

「俺はほら、瑞奈によくやってるから」

「そういう問題？　ていうかよくやってるんだ……」

「ふっ……ゆきくんよ、瑞奈の屍《しかばね》を越えてゆけ！」

瑞奈は言いたいだけなのか言うだけ言って、楊枝で一気に二つ串刺しにした卵焼きと唐揚げに食らいつく。

唯李は瑞奈の視線を気にしていたらしく、今がチャンスとばかりにぱくりと悠己の差し出したウインナーを口に含んだ。

「あ、食べた。やったね」

「……動物に餌やったみたく言わないでくれる？」

唯李は口をもむもむとやりながら、今度こそ恥ずかしそうに目線をあさってのほうにそらす。

すると瑞奈が目ざとく首を伸ばして唯李の顔を覗き込みながら、

「どう？　おいしいゆいちゃん？」

「お、おいしいよ……」

「やったねゆきくん、愛の力でおいしくなったよ！」

まるで愛がなければまずいみたいな言い方はどうかと。

案の定、唯李はどこか腑《ふ》に落ちない顔をしてぼやく。

「自分で作ったのおいしいって言わされるってなんか……」

「自画自賛だね」

「まあ、おいしいしね実際！」

唯李が胸を張って開き直ってみせると、瑞奈がその肩を叩いてさらに煽っていく。

「ほら、次はゆいちゃんがあーんするターンだよ！　ゆきくん構えて！」

「よし来い」

「……なんかこれ、あたしだけ罰ゲームっぽくなってない？」

「大丈夫、そのあと瑞奈のターンが待ってるから！」

瑞奈はそう言って両手におにぎりを取って待ち構える。

それから「互いに口の中にお弁当放り込み合戦」は続き、あっという間に唯李の弁当は空になった。

すっかり満足顔の瑞奈を尻目に一度時計を見た悠己は、立ち上がりながら隣で弁当箱をしまい終わった唯李を促す。

「それじゃぼちぼち行こうか」

「ゆきくんとゆいちゃん二人でどこ行くの？」

「図書館で勉強」

「行ってらっしゃい」

ついてきたそうだった瑞奈は、素早くくるりとUターンを決めてテレビとソファのあるほうへ戻っていく。

明日は唯李と出かける予定、とは昨日のうちに言っておいたが、このまま一人で瑞奈を残していくのは少し不安な気もする。

「バイバイ瑞奈ちゃんまたね～」

「おう！　またいつでも来んさい！」

「瑞奈もちゃんと勉強するんだよ」

「まかしとき！」

瑞奈はリモコン片手にぐっと親指を立てた。

野郎、映画だ。まったり映画見る気だ。

瑞奈は前回父が戻ってきたときに、ねだって動画配信サービスを契約させたばかりだ。

文句の一つもつけてやりたかったが、悠己としてもこのあとの計画というか予定がある。

これ以上グダグダするわけにもいかず、結局そのまま唯李とともに家を出た。

玄関を出て二人になるなり、マンションの通路を歩きながら唯李がぼやく。

「図書館で勉強とかあたしも聞いてないんだけど？」

そしていきなりこの仏頂面である。

テスト前なのだから何もおかしいことではないのだが、なぜか「勉強とかそんなんありえないんだけど？」とでも言いたげな口調。

「さっきのは瑞奈の手前ね、話がややこしくなると困るので」

「どういうこと？」

「まあ、こっちの話」

万が一「瑞奈も行く！」と始まってしまうと、いろいろと台無しなのである。

とりあえず唯李には行き先はヒミツ、ということにしてそのままマンションを出て、悠己が先立って路地を歩いていく。

そのすぐ隣をうってかわって上機嫌な唯李が、るんるんと足取り軽くついてくる。

「ねえねぇどこ行くの？　ヒミツってことは、もしかしてあれかなぁ？　すごいサプライズ的なものがあるのかなぁ～？」

「やっぱイ○オンが最強だよね」

「サン○イズじゃねえぞ言っとくけど」

そんな会話をしながら、コンビニのある大通りの角へとさしかかる。

するとちょうどその目の前を、花柄模様のついた白いワンピース姿の女性が横切った。

無造作に下ろした黒髪と、すらりと伸びた手足に白のコントラストがよく映える。

まるでモデルのようなプロポーションをしていて、歩いているだけでも人目を引きそうな只者ではないオーラを放っている。

男性ならば、みな思わず目を留めてしまいそう。

悠己も彼女の服の裾から伸びた足についつい目がいっていると、

「ちょっと、目。目線」

唯李がすっと腕を横から伸ばしてきて、広げた手のひらで視界を邪魔してきた。

そのまま唯李《ゆいり》フィンガー《ふぃんがー》お得意の顔面つかみが飛んできそうだったが、何を見てようがここでそんなふうにされる筋合いはないはず。

「あらっ。唯李じゃないの、どうしたのこんなところでぐうぜ～ん……」

　そのとき非常に聞き覚えのある声がして、ぱっと目の前が明るくなると、驚く顔の唯李と、ぎこちなく笑うワンピースの女性――凛央が目を見合わせていた。

「凛央ちゃん……？」

「ぐ、偶然ね～びっくりだわよ～……」

　まさかの遭遇……ではあるが悠己としては驚きでもなんでもない。

　今回、実は凛央と示し合わせて、うまい具合に鉢合わせするように仕向けたのだ。

　つまり偶然出会ったふうを装い、「じゃあ一緒に遊びましょうか」の流れに持っていくという作戦……まあ作戦というほどのものでもないが。

　それにしても凛央の変わりようには驚きだった。

　目元がいつもよりぱっちりとしていて、唇にもやや赤みがさしている。

　どこぞのモデルか何かのお姉さんかと思ったが、当の凛央は口調からして超不自然だった。きょろきょろと目線が落ち着かず、挙動不審でせっかくのクールビューティー感が台無し。

　演技下手くそかと思った。やはり素人には名女優唯李のような真似は難しいか。

「……こんなとこで何してるの？」

「えっ、あ……」

　唯李に尋ねられた凛央は、いきなり悠己に助けを求めるような視線を送ってきた。

まさにノープランの極み。頭脳明晰《めいせき》な凛央のことだから、そのへんもきっちり作り込んでくるのだと思っていたのに。

もちろん悠己側もノープランなので「自分でなんとかして」の視線をそのまま返す。

凛央は目線をあちこちにさまよわせたあと、なぜかコンビニを指さしながら、

「あ、あ……」

「あんまん？」

「いや、その っ……」

「おでん？」

凛央はただ口をパクパクさせてラチがあかなそうなので、とりあえず話をそらそうと悠己は間に入っていって助け船を出す。

「いやぁすごいきれいでびっくりした。見違えたよ」

そう言ってやると、凛央にしては珍しく恥ずかしそうにうつむいた。

とはいえお世辞ではなく正直な感想である。

「服が違うとけっこう印象が変わるね」

言いながら改めて上から下に凛央の全身を見ていると、視界の端にちらちら唯李の顔が見切れてくる。

「何？」と聞くと、唯李は自分のスカートの端を軽くつまんでみせて、

「これは？」

「服」

「ずいぶん視点のお遠いこと」

こちらも何やら模様のついた青のスカートにシャツ、透けるような薄手の白いカーディガンを羽織《はお》っている。

なるほど悠己とは違い、毎回違う服を着ているようだ。つまりそういうことかと思い、

「うんうん、唯李もかわいいよかわいい」

「遅いんだよなあ……かわいいチャンス何回あったと思う？」

ぐいぐい割って入ってきた唯李とあれやこれやと言い合いになる。

ふとその拍子に凛央のほうを見ると、話に入ってくるようなことはせず、ただうつむいたまま棒立ちで黙っている。

何をじっと見ているのかと思ったら、なぜか道に落ちている何でもない石を凝視していた。

これはいかんとすぐさま凛央に向き直り、

「ちょうどいい、凛央も一緒に行こうか」

「うぇっ？」

唯李が奇声を上げながら、ぐりんと首を回転させて悠己を見た。

かなり驚いているようだが、声といい目の見開き具合といい、こちらこそびっくりだ。

予定では「わーいいねいいね、凛央ちゃんも一緒に行こう！」とテンション高めにはしゃぐのだとばかり思っていたのに。

「うぇって、友達でしょ？」

「そりゃそうだけど……」

「え、嫌なの？」

「い、嫌なんて言ってないじゃない！」

じゃあその煮え切らない態度はいったい何なのか。

そんなやり取りをしている間にも、凛央が目を右往左往させながら困惑顔をしていて、何かもう顔色が青ざめかけている。

唯李もそれに気づいたのか慌てて凛央の手を取ると、

「そ、そんなことないよ、仲良しだもん！　ねー！」

これみよがしにぐっと両手で握りしめて、ぶらぶらと前後に振ってみせる。

すると凛央の顔色がさっと変わり、目に見えて頬に赤みがさしていく。

「もう悠己くんなんて置いて二人でいこっかぁ！」

しかしその動作とは裏腹に何か機嫌を損ねたのか、唯李の口調が少し刺々《とげとげ》しい。

行こっかぁ、とは言うがどこに行くつもりなのか。

実は行き先はヒミツというか、今日の予定は最初から凛央任せで悠己は何も考えていなかったのだ。

しかし二人で行くというなら、それはそれで悠己の目的は達成なので、

「じゃ、俺はこれで」

「いやちょい待てぃ！　なんなの⁉　行き先はヒミツってなんだったの⁉」

「ごめん、別にどこに行くとかって考えてたわけじゃないんだよね」

「……は？」

口を開けて固まった唯李から殺気に近い何かを感じたので、すぐさま凛央に話を振ってごまかす。

「凛央はどこに行くつもりだったの？」

「え、ええと、図書館でテスト勉強しようかと……」

まさかの嘘から出た真。

唯李が一瞬「ないわー」みたいな顔をしたが、だからなぜそう露骨に態度に出すのか。

当然凛央もそれを感じ取ったらしく、

「え、えっと、唯李は……」

「いやぁその、勉強道具とか……持ってきてないし？」

「そ、そうよね！　せっかくの休みにテスト勉強とかやってる場合じゃないわよね！」

二人とも来週テストだということを忘れているかのような口ぶり。

凛央は変なテンションでいきなり握り拳を突き上げると、若干声を上《うわ》ずらせながら、

「勉強はいいから、今日はパーッと遊びましょ、パーッとね！」

必死に唯李に合わせようとしているのか、明らかにキャラがおかしい。

本来勉強やらないとダメでしょ、と怒るキャラのはずだ。

しかし唯李はそれで満足したのか、うんうんと頷きながら、

「凛央ちゃんと遊ぶの初めてだから、なんか不思議な感じ～」

やはり初めてだった。あっさりボロが出た。

「それで、何して遊ぶの？　どこ行く？」

「え、ええとねえ……」

唯李の問いに凛央は口ごもると、またしても悠己に目線を送ってきた。

パーッと遊ぶと言われても、休日に同級生と遊びに出かけるようなことが基本ないので、悠己も勝手がいまいちわからない。

ゆえに遊べない、という負のスパイラルに陥っている。そしてそれはおそらく凛央も同じなのだろう。

パス、とすかさずアイコンタクトを返すと、凛央は「ひえっ」とでも言わんばかりに背筋を伸ばし、必死に唯李の顔色を窺いながらおずおずと口を動かした。

「そ、それは……ゲ、ゲ……」

「ゲゲゲ？」

「ゲ……ゲームセンター？　とか……？」

凛央の提案により一行《いっこう》は駅前のゲームセンターに向かうことになった。

唯李が「悠己くんにも後ろをついてくる権利をあげよう」とかなんとか言うので、横並びに歩く二人の背後をストーカー方式でついていく形を取る。

目的はあくまで二人仲良く遊んでもらうことなので、悠己としてはこれで特に異論はない。

ただ何かと人目を引きそうな二人組であるからして、下手すると本当にストーカーのようになってしまうため距離感が難しい。

実際すれ違う男性が、みなチラチラと二人に視線を当てている気がする。

「でも意外だなぁ。凛央ちゃんの口からゲーセンとか」

「そ、そう？」

「凛央ちゃんゲーセンとか行かなそうだもん」

耳をそばだてて唯李たちの会話をこっそり盗み聞く。

なぜ二人の間にこうも食い違いというか、妙な距離感ができてしまうのか見極めるためだ。

しばらくは「朝何食べた～？」だとか「その服どこで買ったの～？」だのと唯李が質問して、凛央がそれに答えていたが、

「………」

そのうちに会話は途切れた。

女子というのは二人集まればそれはもうやかましくぺちゃくちゃとおしゃべりが止まらなくなるものと思っていたが、どういうわけか二人しておとなしい。

（何か話題を提供してあげたほうがいいかな？）

悠己はそのときふと「ゆきくん一緒に見よ！」と昨晩瑞奈に言われて、無理やり見せられたテレビのアニメ映画のことを思い出した。

「二人は『バ〇ス』と『黙れ〇僧』どっちが好き？」

唯李が一瞬ちらっとこちらを振り返ったがすぐに前を向いた。そういうのいいからお前は黙っとけと言わんばかりだ。

それからまたポツポツと話し声が聞こえてきたが、基本話題は唯李からの振りで、やはりなんとなく凛央が遠慮しているように見える。

そんな煮え切らない調子のまま歩き続け、駅前の通りまでやってきた。

人通りも一気に多くなり、それに伴いお店の数も増えていく。

道中、軒先でゲームのデモ画面が流れていたので、相変わらず控えめな二人に再度話題を提供する意味も込めて、悠己はモニターを指さす。

「あれ唯李が得意なゲームじゃん」

画面に流れていたのはちょうど先日唯李が瑞奈にボコら……一緒に対戦したゲームだった。

唯李に一度ジロッと視線を浴びせられ、それきりふいっと無視されたので、

「あれ唯李が好きなゲームじゃん」

と言い直してみたが、さっきよりきつく睨まれてやっぱり無視された。

こちとらガチじゃいだとか言っていたくせに、まるでその件には触れたくないと言わんばかりだ。

やはり瑞奈にボロ負けしたのを根に持っているらしい。

「唯李が好きなゲーム……」

ただ、凛央は興味を持ったらしく、急に立ち止まってじっとゲーム画面を見つめている。

唯李も仕方なくと言った感じで足を止めるが、ごまかすように横から口を出した。

「凛央ちゃんはゲームとかやらなそうね」

「ま、まあ……やってやれないこともないけど……。ゲームなんて所詮遊びでしょうし」

「フゥ～カッコイ～」

なぜそこでカッコつけてしまうのか。

そこは「私も一緒にやってみたい」だとか言えばいいのに。

結局唯李がさあ行くよ行くよ、と急かしつけてその話題はそれで終わり。

さらに通りを歩いていくと、本屋が入っているビルの前にさしかかったあたりで「あっ、そ

うだ」と唯李は何か思い出したように声を出して立ち止まった。

「ちょっと寄っていっていいかな？」

「うん全然、全然いいわよ」

コクコクと頷く凛央を受けて、唯李は我先に建物の中に入っていく。

真っ先に入り口脇のエレベーターを上がり、二階のコミック本コーナーへ。

そしてフロア入り口正面の一等地に平積みになっていた漫画を手に取った。

アニメ化もされた割とポピュラーな、悠己も知っている少年漫画だ。

「あ、新しいの出てたんだ。買ってるの？」

「もち。刈り上げ萌え」

「ベタだねぇ」

「黙れい。まったく、どこかの誰かさんはクールキャラかと思ったらとんだグールだったから」

「だからそのグールって何？」

唯李はおほほ、と口元を押さえると、じっと漫画の平台を眺めていた凛央に向き直った。

「凛央ちゃんは……漫画とか読まなそうだもんね。読むとしたら小説とか？」

「ま、まあそうねぇ～……所詮息抜きというか……」

だからなぜそこで私も読んでみたいと言わないのか。

これには、そばで見ていた悠己も黙っていられなくなったので、こっそり凛央に耳打ちする。

「私も読みたいって言いなよ」

「え、えっ？　い、いやそれは……」

口をもにょもにょとさせてどうにもはっきりしない。

かと思えば、うだうだやっているところを唯李に見咎《とが》められてしまい、

「お二人、何をコソコソしているのかなぁ？」

「ちょっと凛央の通訳を……」

「ふぅ〜ん？　通訳挟まないと唯李語が理解できないと？」

どちらかというと凛央語を素直に変換しようとしているところだ。

まあ唯李語のほうこそたいがい難解で、完全に理解できたら悠己もここまで苦労はないのだが。

「ていうか悠己くん、いつの間にか凛央って呼んでるよね？　仲良いんだーふーん」

唯李は呼び方が引っかかるのか、悠己と凛央へ向かって交互に目を細めてみせる。

凛央は困ったように目線を泳がせて居心地悪そうにしていたが、最終的にお前のせいだとばかりに悠己を睨んできた。なぜか一人だけ悪者扱いである。

それから唯李がお会計を済ませて、本屋を出る。

さっきので機嫌を損ねたのかなんなのか、いよいよ唯李の口数が減りだすと、自然と会話が

なくなる。

そして変な空気のまま歩き続け、いよいよ目的地のゲーセンに到着。

場所は二階建ての建物で、ここ近辺の駅を含めてもかなり大きなゲームセンターだ。

普段悠己が一人で足を運ぶようなことはほとんどないが、慶太郎の話なんかにもよく出てきて、学生たちの間でもそれなりの人気スポットだ。

入店するなり、低音の効いた音楽だのゲームのSE音だのコインがぶつかり合う音だのが、四方八方からやかましく押し寄せてくる。

言い出しっぺのはずの凛央は、あちこちキョロキョロしてばかりで挙動が怪しい。

どうもあまり慣れていない感じだったが、自分が先導を、とでも思ったのかフラフラと先に歩き出したので、悠己は唯李と並んでその後をついていく。

「なんだかんだでゲーセン久しぶりかも」

唯李が声を弾ませて、あちこち見渡している。

こちらはいくぶん機嫌が戻ったのか、表情も緩んで足取りも軽い。

「あっ……」

かたや真顔で先を行く凛央が突然立ち止まった。

その視線の先には、中で写真を撮ることのできる筐体《きょうたい》が何台か立ち並んでいる。

これは唯李と一緒に写真を撮って仲良くなるチャンス。

唯李のキャラ的に「凛央ちゃん一緒に撮ろ～。悠己くんも入りたい？　しょうがないなぁ～」というような流れになるに違いない。

そんな期待をしながら、悠己は唯李へ伺いを立てた。

「ねえ唯李、せっかくだから写真……」

「あたしそういうの興味なーい」

しかし返ってきたのはこの冷めた返事。

最近気づき始めたがこの女、実はJK力低い。一見それっぽい言動はするのだが、微妙に外していく。

「……それはなんで？」

「写真なんてスマホで撮れるし、わざわざお金払って宇宙人撮る意味は？　しかも四百円？　漫画買うっちゅーねん」

「そっか。唯李は自撮りが得意だもんね」

「……写真消した？」

「消してない」

「今すぐ消せ」

「それを消すなんてとんでもない」

唯李がそれは重要アイテムとかじゃないから、と凄《すご》んできて謎の睨み合いが勃発する。

悠己が一歩も引かずにいると、唯李は急にころっと相好《そうごう》を崩して、お得意のニヤニヤ笑いで小首をかしげてきた。

「あれれ～？　ってことはもしかして悠己くんお気に入りなのかなぁ？　かわいい唯李ちゃんの写真が」

「そうそう、待ち受けにしようかな」

「やめて、ほんとやめてくださいお願いします」

勝った。

唯李は自撮り写真のことはこれ以上触れたくないのか、とっとと回れ右をしてその場を離れていってしまった。

かたや凛央はその背中を見つめながら、なんとも言えない表情で立ちつくしているので、

「一緒に写真撮りたいって言えばよかったのに」

「……な、何よそれ、か、勝手に決めつけないでくれる⁉　たかだかそんな写真……」

絶対に撮りたそうにしていたのになぜそうなるのか。

やはり今までの積み重ねなのだろう、唯李の中で凛央のキャラクターが勝手に固定されてしまっていて、変な先入観があるのも痛い。

「い、いいから黙ってみてなさい、今にやってやるから」

なんだか殴り込みにでも行きそうな言い草だ。

凛央は両手を握りしめてくっと前を見据えると、大股に唯李の後を追う。

そんな凛央について次にやってきたのは、クレーンゲームなどが並ぶ一角。

先に筐体のガラスに張り付いて中を見ていた唯李が、笑顔でこっちこっちと手招きをしてくる。

近づいて凛央と一緒に中を覗き込むと、手のひら大のぬいぐるみが何体か無造作に転がっていた。

唯李はその中の顎のしゃくれたパンダのぬいぐるみを指さしながら、

「見て見てあれ、かわいくない？」

「かわいい……？」

「かわいいじゃん。頭パーンってしたくなる」

相変わらず意味不明な唯李語はさておき、よくよく見れば悠己もあのぬいぐるみには見覚えがあった。

以前瑞奈が、近所のスーパーのガチャガチャで似たようなキーホルダーを手に入れていたのだ。

あのときもたしかパンダが出るまで粘っていたのを思い出す。

瑞奈はぬいぐるみも欲しがっていたが、ゲーセンは魔物が多いからと言ってあまり来たがらない。

「ああ、あれ瑞奈が好きなやつだ」

「へ〜そうなんだ。じゃあ瑞奈ちゃんにおみやげ取ってあげようか」

「取れるの？」

「ふっ、ゴッドアーム唯李の実力見せたるで」

舌なめずりをした唯李が、息巻いて百円玉を投入する。

プリクラは渋ったくせにこっちには財布ガバガバである。

唯李は一度身をかがめて、ぬいぐるみの位置を確認するように大げさな仕草をしたあと、満を持して操作レバーを倒す。

それから隣のボタンを押すと、人形の真上で止まったアームがゆるゆると下りてきて標的を掴んだ……かと思いきや、そのままぬいぐるみの表面を撫でるように、するりと引き上げていった。

「ずいぶんタッチが優しいねゴッドアーム」

「ウッソでしょ今の⁉　するっていったよするって」

例によって下手くそなやつかもしれない。

実際専門的なことは悠己にはわからないのだが、唯李は立て続けに入れた二百円で二回とも手応えなく失敗した。

アームが戻ってきたところで唯李の横顔を見ると、向こうも無言で見返してきて、

「悠己くんが見てるせいで取れない」

「……どういうこと？　それさ、体じゃなくて輪っかにかけたらいいんじゃない？」

「いやいやそれは罠だね。ここはやはり顎狙いで……」

「わ、私、UFOキャッチャーは得意なの！」

そのとき、話の途中でいきなり凛央が乱入してきた。

凛央は横入り気味にお金を投入すると、そのままがっと足を開いてレバー前のポジションを奪う。

唖然《あぜん》とする悠己たちをよそに、凛央は必死に食い入るように標的を見つめながらレバーを操作し、ボタンを押した。

ダン！　とムダに力が強く何やらちょっと怖い。

凛央の気迫が届いたのかアームも妙に力強く、パンダを顎ごと鷲掴みにして戻ってくる。

ぱっとアームが腕を開くと、人形はすとんとそのまま手前の穴に落ちた。

「やった、取れた！」

「わ、すごい。凛央一発じゃん」

ぱちぱちと小さく両手を叩いて、うれしそうにはしゃぐ凛央。

悠己がちらりと隣の唯李の様子を窺うと、

「わーすごいねー凛央ちゃん……」

と言いつつ若干顔が引きつっている。若干拳も握りしめている。

これはどうやら負けず嫌い唯李ちゃんをダイナミックに刺激してしまっているようだ。

そんなことはつゆ知らず、嬉々として取り出し口に手を伸ばした凛央は、手にしたぬいぐるみをそのまま悠己に手渡してくる。

「じゃあ、これ……」

「いいの？　ありがとう、妹が喜ぶと思う」

「……そ、そう。よかった」

悠己がお礼を言って笑いかけると、凛央は少し気恥ずかしそうに微笑を浮かべた。

「やっぱり怒ってるより笑ってるほうがいいね」

「な、何よそれは！　人を四六時中怒ってるみたいに……」

「ほら怒ってる」

凛央ははっと気づいて頬を紅潮させたのち、「ふん」と慌てて真顔を作った。

そのときふと横から視線を感じて振り向くと、唯李が何か言いたそうにじっとこちらを見ていた。

「……何？」

「別に」

ふっと視線をそらされる。やはり自分で取れなくてご機嫌斜めらしい。

それでも元をたどれば最初にぬいぐるみを見つけてくれた唯李のおかげなので、

「唯李もありがとうね」

「へ？　な、何が？」

「ぬいぐるみ取ろうとしてくれて」

こちらにもお礼を言うと、唯李は「う、うん……」と口元をモゴモゴさせた。

そしてまたも何か言いたげに上目遣いをしてくるが、結局何も言わない。

「まあゴッドアーム見れなくて残念だったけど」

「そうね！　取れませんで悪うござんした！」

唯李は大きな声でまくしたてると、悠已の手にしたぬいぐるみに目を留め、その勢いで「なにしゃくれてんだよ！」とパンダの頭を手でパーンした。

またしてもＪＫ力がガリガリ減っていく。

「そうよ、なにしゃくれてんのよ！」

さらになぜか凛央も真似してパーンしてくる。まさに理不尽。

歓迎されるかと思いきや、この仕打ちにはパンダもびっくりである。

悠已は二人からパンダを守るように手で覆うと、「怖い人たちだよね、よしよし」と頭を撫でてやった。

インテリ唯李

その日の夜、唯李の自室。

ベッドの上でうつ伏せに肘《ひじ》を突きながら、唯李はスマホに保存された写真を何枚か行ったり来たりさせて、一人ニヤニヤとしていた。

その写真とは、こっそり瑞奈が送ってきた悠己とのツーショット写真だ。

二人でソファに寄り添うようにしながら、唯李が悠己の肩に頭を預けている一枚。

眠たげな悠己の寝ぐせ頭を、唯李が櫛でとかしている一枚。

その場では止めに入り、ちょっとこんなの送ってこないでよぉとラインでは返したものの、かなりいい感じに撮れていてこれは瑞奈GJと言わざるを得ない。

(これはもう付き合っていると言っても過言ではない……)

と思っていたのにだ。

しかしこの状況はいったいどういうことか。

(思わぬところに伏兵が……)

あの二人、どうにも様子がおかしい。二人とは、もちろん悠己と凛央のことだ。

凛央とは今でこそ仲良しだが、去年隣の席になってすぐは大変だった。

なぜかいつもピリピリしていて、基本無口で無表情で顔が怖い。

話しかけてもほとんどリアクションがなくて、かと言って宿題をやっていなかったり少し遅刻でもしようものなら、ブツブツとお小言が始まる。

異常なまでにルールに厳しく、変なところでやたら正義感が強かったり。

席が隣になる前から、凛央はクラスでもそれなりに悪い意味で注目を集めていて、唯李の中でもちょっとした要注意人物だった。

今でこそだいぶ落ち着いてはいるようだが、去年は風紀委員をやっていたこともあり、あちこち周りを注意して回っては噛みついていたのだ。

細かいことを言い出したらキリがないが中でも記憶にあるのは、授業中スマホでゲームをやっていた男子を凛央が突然注意しだして、ちょっとした騒ぎになったことだ。

その結果もちろんスマホは没収。

決して凛央の行動が間違いというわけではないのだが、彼女を擁護する声は皆無だった。

本来なら授業中こっそりスマホをいじってようと、誰もそこまで本気で注意などしないし、ましてや教師の前に引っ立てるような真似をすることなどない。

そのあと当人だけでなく、その男子の友人グループともかなり険悪な雰囲気になっていたが、凛央本人はどこ吹く風と気にも留めていないようだった。

さすがにこの人と仲良くなるのは無理かも。

とさしもの唯李も席替え当初はひるんだが、そういう相手だからこそ余計に嫌われるわけにはいかない。

そんな気を張った雰囲気のまま毎日過ごすのは無理、と持ち前の明るさとノリのよさを発揮して、とにかく根気強く話しかけた。

それでも凛央攻略はしばらく難航していたが、突破口を開く糸口はささいなことからだった。

というのは何かの拍子に脇をつついたら、くすぐったかったのか凛央がいきなり口元を緩めて笑ったのだ。

笑顔を見たのはそのときが初めてだったが、それがまあかわいい。

普段ムスッとしてるけど、笑うと超かわいいとか萌えキャラじゃん……そう思えるようになってからはあら不思議もう怖くない。

苦手意識も薄れて、それからはもう押せ押せである。

凛央と男子グループとの確執も、唯李が間に入ってなだめたりすることで、なんとか一度沈静化した。

とにかくあれやこれやと悪戦苦闘の末に、やっと仲良くなったというのに。

かたや悠己は一週間かそこらのうちにあの調子とは、いったい何をどうしたというのか。

(あの男、実はコミュ力オバケか?)

その割に、相変わらず他の女子と話したりするようなそぶりはない。

凛央だけ特別なのだ。

そもそも自分が凛央を呼び寄せたのが発端ではあるのだが、まさかこうなるとは夢にも思っていなかった。

(黒髪のクールなキレイ系……。もしかしてあゝいうタイプが好み……？)

本人はあまり自覚がないようなのだが、凛央は唯李の友人の中でも群を抜いて美人と言えよう。

自分とは全然タイプが違うだけに、単純に比較するのも難しい。

(しかも意外にいい感じなんじゃないのあの二人……？)

今日のゲーセンでの一幕を見てもそうだが、悠己はなぜか妙に凛央を気にかけているフシがある。

さりげにいつの間にか凛央を下の名前で呼び捨てにしていたり、そののち適当に駅周辺をブラブラしたときも、ふと見ると二人でコソコソやっていたりと、非常に怪しい。

たしかに凛央は少しばかり性格に難のある部分はあるが、それ以外は非の打ち所のないハイスペック美少女であるからして、悠己がそこまで過剰な気遣いをする必要などないように思えるのだが。

(むしろ唯李ちゃんをもっとかまえよ～～もぉ～～！)

とはいえ凛央のほうから悠己を……というのはちょっと考えられない。

凛央の口から恋愛だとかそういった類のワードが出たことはこれまで一度たりともなく、避けているフシがあるというか、そもそも興味がなさそうなのだ。

となるとおそらく悠己のほうがちょっかいを出しているに違いない。

あの男、かわいい子と見るやすぐに目移りするのでは……という疑いが唯李の中でもたげ始めている。

「この、このやろこのやろ!」

スマホの画面に映る悠己の顔を、指先でツンツンとつつきまくる。

唯李がそうやって意味もなく画像ズーム、ズームアウトを繰り返しながら「む～～……」と唸っていると、

「どしたの唯李、便秘?」

「ヒィっ‼」

突然耳元で声がして、びくっとスマホを取り落とす。

猫のようにベッドから跳ね起きて身構えると、いつの間にやら忍び寄っていたパジャマ姿の姉、真希《まき》が、ニコニコ顔で傍らに立っていた。

ドアの開いた音も、足音も、気配さえもしなかった。

「出たなアサシン……」

「ふっ、貴様はすでに死んでいる」

「それ全然違うけど」

警戒する唯李をよそに、真希は勝手にベッドの上に腰掛けて、一見天使のようなぽわぽわスマイルを向けてくる。

「なにか悩み事？　お姉ちゃんに相談してみなさい」

「んー……相談ていうか、ちょっと髪伸ばそうかな～、なんて」

「絶対似合わないからやめなさい」

「なぜ言い切る」

「私ロング好きじゃないの」

「あんたの好みは聞いてない」

間近で視線が交錯して、早くもバチバチと火花が散る。

かと思えば真希は余裕たっぷりににんまりと頬を緩め目を細めて、唯李の髪を軽く手で撫でつけてきた。

「むしろ唯李はもっと短いほうがいいんじゃない？　ほら、かわいい男の子みたいな」

「気持ち悪い性癖」

「唯李ちゃんちょっとさっきから口悪いかなぁ～」

シュバッと伸びてきた真希の手が、ぐにぃっとほっぺたをつねりあげてくる。

結構痛い。いやかなり痛い。

「ご、ごめんらはいぃ……」

「でも急にそんなこと言いだすなんて、何かあったのかな～？」

「べ、別に……」

「何かあったな？」

唯李はふいっと顔をそらすが、真希はわざわざ回り込んで唯李の顔を覗き込んでくる。

急に鋭くなった瞳はじっと唯李を捉えて離さず、お前の考えなどすべてお見通しとでも言わんばかりだ。

いよいよもって観念した唯李はぎゅっと目をつむると、がばっと真希の胸元に飛び込んだ。

「おねえちゃぁああん‼」

「おーよしよしどうしたどうした」

真希に体を抱きとめられながら、唯李は例によって尻を鷲掴みにしてきた手を払いのけて、

「とんだ伏兵だよぉ、このままじゃ負けるよぉ……」

「……今度は何と戦ってるの？」

「小悪魔系じゃないかもしれないの」

「は？」

「つまりかっこいい女。賢い。クール。デキる女」

「ふ～ん……？」

かなり断片的だったが、それだけで真希はなんとなく察したのかうんうんと頷く。

「ライバルが現れてそれで切羽詰まっていると」

「対抗するためにはこっちもフォームチェンジしないと……」

「知的キャラに？　それは無理ね」

「なんで」

「だって無理でしょ」

「なるほど」

無理なもんは無理。納得。終了。

しかしさすがにそれでは味気ないとでも思ったのか、真希は唯李の目元を指さして言った。

「じゃあとりあえず眼鏡でもかけてみたら？　まずは形だけでも」

「そっか！　まずは形からね！」

「伊達《だて》眼鏡あるから貸してあげる。かわいいの」

一度部屋を出ていった真希は、数分後眼鏡を手に持って戻ってきた。

赤いフレームの丸みを帯びた長方形のレンズで、いわゆる真面目くん眼鏡ではなく少し洒落たふうである。

唯李は嬉々として眼鏡を受け取ると、早速目元に当ててみせる。

「デュワッ！」

「何そのかけ声」

「えっ、知らないの？」

「知らないわよ何それ変なの。そういうとこよ唯李、それがダメなのよきっと」

冷めた口調でダメ出しをされたが、むしろ向こうのほうこそ何もわかってないなと思う。

まったくこれだからお姉ちゃんは……とブツブツ言いながらも唯李は眼鏡を装着する。

「ちょっとガバガバじゃない？　これ」

「顔が大きくて悪かったわね」

「どう？　いけてる？　頭良さそう？」

「ん～～～……」

真希は口をへの字にして腕組みをしてしまい、どうも煮え切らないリアクション。

とりあえず真希を放って、唯李はテーブルの上の手鏡を取り自分の顔を映す。

「わっ、いい！　これ絶対頭いい！　頭よい！　頭ゆいだよ！」

「頭ゆいってすっごい不安になるわね。頭が唯李なんでしょ？」

「見て見て！　インテリ唯李ちゃん爆誕！　クイっ、クイっ、眼鏡クイーっ！」

唯李は眼鏡の中央を指で押し上げて、繰り返し眼鏡クイっをしてみせる。

真希はしばらくその様子を無言で眺めていたが、急に優しい目になって微笑《ほほえ》むと、

「唯李が楽しそうで何よりよ」

「ありがとうお姉ちゃん！　これで目にもの見せてくれる！」

「うんうん、よかったね。ところで唯李、そろそろテストなんじゃないの？　勉強はいいの？

そんなことやってる場合？」

「大丈夫大丈夫、まだ慌てるような時間じゃない」

テストに関して自分には凛央という心強い味方がいるのだ。

取り急ぎ「テストに出そうなとこノート」をいい感じに作ってくれる、というのでお願いしてある。

それに眼鏡効果によって頭良くなった感もある。つまり余裕。

「キラーン。どう光ってる？」

「光ってる光ってる」

これは勝つる。次の学校が待ち遠しい。

◆　◇

そして週明け。

朝いつもより少し早めに登校した唯李は、適当にクラスの友人たちとあいさつを交わしたあと、早々に自分の席に戻って悠己がやってくるのを待ち構える。

テスト勉強用のテキストや問題集などを開いて机の上に広げ、しかし実際はまったく内容を頭に入れることはせず、今か今かとチラチラと戸口の様子を窺う。

（来たっ）

今日も今日とて悠己は眠そうな顔でちんたら歩いてきた。

それとは対照的に唯李は素早くカバンから眼鏡を取り出すと、スチャっと装着して机の上の問題集に視線を落とす。

するとちょうど隣でガタ、と椅子の引く音がして、悠己が席についた。

（さあ来いさあ来い……）

と唯李は必死に勉強しているフリをして、悠己が眼鏡に触れてくるのを待つが、眼鏡どころかあいさつも何もない。

こっそり横目で様子を窺うと、何やら窓の外を見てぼ〜っとしているので、いよいよ唯李はしびれを切らして声をかける。

「おはよ」

そう言うと、悠己はちらりとこちらを見て軽く頷いただけで、それきりまた元のだんまりに戻った。

何だその態度、これは朝から頭パーン案件か？　と唯李は眼鏡のことも忘れて追撃する。

「……何？　その感じ」

「いや、勉強の邪魔したら悪いかと思って」

悠已なりに気を遣ってくれていたらしいが、実際は勉強など微塵もしていないのだ。

（そんなことよりも気づけ。いつもと雰囲気違う唯李ちゃんにいち早く気づけ）

と唯李が無言の圧力を送っていると、とうとう悠已は唯李の顔に目を留めて、

「どしたのそれ」

「ん？　あ、あぁ～この眼鏡？　これはねぇ……」

「いやその髪ぴょんってなってるの」

「知らんわただのくせっ毛だよ」

これはわざとやっているのではと疑うレベル。

髪を激しく手で撫でつけたあと、唯李は一度仕切り直す。

「ちょっと最近、勉強しすぎで目が悪くなっちゃったかな～って」

「へえ」

「昨日なんて丸一日家で勉強だったし」

昨日は新刊の漫画を読む前に、何巻か前から読み返していたら午前中が終わった。

午後から母と姉が買い物に出かけるというので一緒について行って、夜はレストランでご飯を食べた。おいしかった。

「それで眼鏡かぁ……」

悠己がじっと目元を覗き込んでくるので、ここぞとばかりに唯李は必殺の眼鏡クイっを決めてみせた。

すると悠己は視線をさらに釘付けにしてくる。

きっとこの溢れ出る知的さに見とれているに違いない。

「なぁに？　じっと見て」

「なんか頭よく見せたいから無理やり眼鏡かけてる人みたい」

「あ〜いるよね、そういう人〜」

唯李が激しくうんうんうんと頷いてみせると、悠己が「うっ」と突然眉をしかめた。

口ではそう言ってもやはりこれは早速効き目が。

「ん、どうかした？」

「キラっとしてまぶしい」

「あ、そう」

「あんまりこっち見ないでね」

（お前眼鏡かけてる人みんなにそれ言えんのかファッ〇ュー！）

と思ったがこらえる。知的眼鏡キャラはそんなこと言わない。

今の自分は眼鏡をかけた知的クール美少女なのだ。それらしく振る舞わねば。

「ところで悠己くんのほうは、テスト勉強進んでるのかしら？」

「瑞奈のせいでいまいちかなぁ。でも唯李は昨日丸一日勉強ってことは、相当進んでる？」

「そうね。わからないところがあったら、何でも聞いてくれていいわよ」

「……なんか、しゃべりが変じゃない？」

「そんなことないわよ？　いつもこんな感じでしょ」

「んー違う」

「あらやだ、違わないでしょう」

「違うんだよなぁ」

「しつけえなおい」

「それそれ」

それそれって普段いったいどんなキャラだと思っているのかと。

これではインテリ唯李ではなくインテリヤクザになってしまう。

とにかく今のあたしはインテリ唯李、頭ゆいなのだ。

そう唯李が心の中で自分に言い聞かせていると、

「じゃあこれ、この問題よくわからない」

「どれどれ、しょうがないですわねえ～」

大物感を出しつつ、唯李は悠己がよこしてきた問題集を覗き込む。

何かと思えば数学。しかも問題文の時点で読む気が失せるぐらいに長ったらしい系のやつ。

このインテリ、完全に頭いいふうになったつもりでいたが、実際は眼鏡をかけただけなのである。しかも伊達。

（……わからぬ。さっぱりわからぬ）

それでも唯李はふんふんふん……と問題文を読みながらしきりに頷いてみせる。

「あ～これね～……これはねぇ～ちょっとひっかけっていうか～……」

「ここのXとZがさぁ……」

「そうそう、XメンとZマンがね……」

「ふざけるんだったらいいや」

「あぁん待って！」

悠己がさっさと引っ込めようとした問題集のはしっこをぐっとつかむ。

悠己は「破けるからやめて」と冷静に唯李の手を払いながら、

「どうせわからないんでしょ？　今度凛央に聞こうっと」

「そっ、それはダメ！　ダメに決まってるでしょ！」

「なんで」

「そ、そもそも凛央ちゃんはあたしの仲間だし？　はぐれ凛央仲間にするまで何回戦ったと思ってんの」

「……わ、私？」

そのときかすかに声がしたほうを振り向くと、いつからいたのか凛央が背後霊のごとく席の後ろに立っていた。

　思わずヒィっと唯李は椅子から転げ落ちそうになる。

「ど、どしたの凛央ちゃん急に！　な、何かご用？」

「用がないと凛央は来ちゃダメなの？」

「そっちには聞いとらん！」

　なぜか悠己がすかさず横から口を挟んでくる。

　当の凛央はなんだか居づらそうにしているし……やっぱりこの二人、何か企んでいるのでは。なぜなら唯李が呼ばない限り、凛央のほうからやってくるようなことはこれまで一度もなかったのだ。

（はっ……もしや悠己くんに会いに来ちゃったとかいやまさかまさか……）

「え、えっと……ト、トイレのついでにちょっと寄ってみたっていうか……」

　凛央は歯切れ悪く言いながら、不自然に愛想《あいそ》笑いをした。

　やはりどうも怪しい……と様子を窺っていると、凛央は驚いた顔で目を瞬かせた。

「あっ、唯李眼鏡《ゆいめがね》……」

（ユイメガネ……？　新種のポ〇モンか何か？）

　と一瞬首をかしげるが、自分で眼鏡をしていることをすっかり忘れかけていた。

凜央は何か思うところのありそうな顔をしているが、これはもしや伊達だということが見抜かれている……？

「そ、そうそう。ちょっと、視力がねー、席も一番後ろだからねー」

「私も眼鏡……かけようかな」

「えっ？」

「最近ちょっと黒板が見えにくいときがあるから、授業中は眼鏡かけようかなって思ってて」

まさかの眼鏡かける宣言。これには唯李も口あんぐりである。

すでに頭いい凜央が眼鏡をかけたら、さらに頭よくなってしまうではないか。

なによりパクりだ。人のマネをする気だ！

「そ、そしたら、唯李と二人、お揃い、みたいな……」

「ダメだよ凜央ちゃん！　そうやってすぐ眼鏡に頼ったら！」

「え、えっ？」

「トレーニングするよ！　あたしの指をじっと見て！」

唯李はぴっと伸ばした人差し指を、凜央の目の前でゆっくり前後させる。

これを繰り返すことにより、凜央の視力を回復させるのだ。この前テレビでやってたのを見た。

「見えるよ見えるよ～見えないと思いこんでるから見えないんだよ～」

なんだかこんなふうなことも言っていた。

戸惑いがちの凛央に指を近づけ遠ざけしていると、若干呆れ顔の悠己が間に入ってきた。

「もういいから唯李は、バカなことやってないで」

「ば、バカ……？」

「それより凛央、これ教えて」

悠己は開いた問題集のページをとんとんと叩きながら、凛央を手招きする。

このインテリ眼鏡を無視して凛央に声をかけるとは由々《ゆゆ》しき事態である。視力トレーニングなぞやっている場合ではない。

「ちょ、ちょ待てよ！　だから何を普通に聞いてくれちゃってるの！」

「別にいいでしょもう」

「いやダメですよ、ちゃんとうちの事務所通してもらえます⁉」

ばっと両手を広げて通せんぼをすると、「どいて」と脇のあたりをずい、と手で横に押された。ずいっと。

突然の急所へのソフトタッチに、片膝が崩れて「はぅん」と声が出そうになる。というか、ちょっと出た。

「これは一見ややこしそうだけど、こうやってあの形に持っていけば……」

その隙に結局凛央を連れていかれてしまい、インテリそっちのけで悠己の机で講義が始まってしまう。

凛央も凛央で断れやと思ったが、根っからの先生体質なのだろう、懇切丁寧に解説を始めてしまった。

「なるほどそういうことか。やっぱすごいなぁ凛央は」

「まあこれ、少し意地悪な問題だと思うけど」

「そうね～意地悪いよね～」

ハブられないように首を突っ込んでいって、とりあえず乗っかっていく。

するとうんうんと頷いていた悠己が、まるで偽物を見つけたと言わんばかりの視線を送ってきて、

「唯李も教えてもらいなよ、わからないところとか」

「わからないところ？　べ、別に～？　そういうのはないかなぁ」

ここで凛央に教えを乞いなどしたら、インテリ唯李即敗北である。

「あっそ」と悠己は唯李を一瞥すると、問題集をペラペラとめくって別の箇所を指さしながら、凛央に向き直る。

「あとここなんだけど……」

今度は二人一緒になって、頭を突き合わせるように問題集を覗き込む。なんだかやけに距離が近い。

こっちのエセインテリにはもう用はないと言わんばかりである。

その態度にイラっとした唯李は一度距離を取ると、ポジションを微調整し窓から差し込む陽光を眼鏡に反射させて、

(くらえ光〇力ビーム!)

悠己の目元に当てていく。

むっと顔をしかめた悠己は、急に立ち上がるとずかずかと唯李の目の前までやってきた。

相変わらずの無表情だが、なんとなく怒っているような雰囲気もする。非常にわかりづらい。

「……な、何よ」

「ちょっと来て」

そう言って悠己はいきなり唯李の腕を取ると、教室の戸口へ向かって歩き出した。

あまりに意外な、強引な行動に、唯李は軽くパニックになりつつもされるがまま引っ張られていく。

そのまま教室を出て廊下を進んで角を曲がって、人気の少ない渡り廊下のほうへ連れてこられた。

そこでやっと悠己は手を離すと、やはり心なしか硬い表情で唯李の顔を見つめて言う。

「ふざけてばっかいないで、ちゃんと凛央の相手してあげなよ。凛央は唯李と話したくて会いに来たんでしょ」

人目もはばからず腕を取って引っ張るなんて大胆。

男子にこんな強引にされるなんて、初めての経験……。

(これってインテリ効果ありやん？　もしかして……)

「ねえ聞いてる？」

「は、はい？」

まずい全然聞いてなかった。

悠己は一瞬呆れ顔になったが、急にふっとこわばりが抜けたように微笑を浮かべて、

「わかったよ、じゃあ聞くから。何か思うことあるなら言ってみて」

うってかわって柔らかい声のトーン。これは久々に優しいモード来た。

結局なんだかんだで優しいのだ。お兄ちゃんなのだ。

(これもういっちゃう？　ここでインテリかわゆいモード見せちゃう？)

唯李はここぞとばかりに顎をこれでもかと引いて、上目遣いに悠己を見る。

すでに昨日鏡を使って、ちょうどいい感じに眼鏡が邪魔にならない角度を練習済みである。

「あ、あのね……」

(『他の子と仲良くしちゃイヤ』『あたしだけを見て』……なーんてこんなん言われたら即落ち不可避ですわ。もう奈落の底行きですわ)

これを惚れさせゲームの体で言うのだ。

からかい感を全面に出していけば恥ずかしくない、はず。

こっちはあくまで本気ではない感を保ちつつ、向こうはドキっとなってしまうという超絶高等テク。

これは勝つる。

(しかしでもだとしてもこんな奥歯ガタガタになりそうな台詞を言うのは抵抗ががが……)

だがここが千載一遇のチャンスでもある。

これをかわいく言えれば一発逆転勝利もありうる。

それだけの可能性がこのワードにはある！

「ほ、ほっ……」

「ほ？」

そのときタイミング悪く予鈴が鳴った。

はやる気持ちを抑えつつ、とりあえず鳴り終わるのを待つ。

(早く言わねば早く……)

もう時間がない。

唯李はごくっと一度息を呑んで、

「あ、あた……」

「予鈴鳴ったぞ、教室もどれー」

「ほあたああぁっ⁉」

突然背後から大きな声をかけられて、カンフーの達人みたいな叫びが出てしまった。

現れた男性教師はいきなり奇声を上げた唯李に「な、なんだ……？」と恐れおののくように目を丸くしている。

ヤバイ、と思った唯李はとっさに百パーセントのスマイルを作って、

「あ、あぁっ、三浦《みうら》先生今日もスーツ決まってますね！」

「お、おう……。早く教室戻れよ」

「は、はぁ～い」

なんとかしのいだ。

去り際、不審そうに二度見されたがしのいだ。

（危ねーっ、先生にほあたぁするとこだった！）

他の子と仲良くしちゃイヤ、あたしだけを見て。略してほあたぁ。

（ぶふっ、リーさんマジヤンデレ）

ほあたぁ言いながら拳を振り回している人を想像して、唯李が一人で勝手にツボに入っていると、悠己が怪訝《けげん》そうな顔で覗き込んでくる。

「何をにやにやしてるの？」

「いっ、いやこっちの話……」

慌ててふぅ、と額を拭う。

ふと気づけば、悠己がじっとこちらを見つめていた。

「唯李……」

「は、はい？」

悠己は何やらポケットを探っていたかと思うと、手を伸ばしてきて、唯李の腕を取った。

またも予期せぬ不意打ちに、いやがおうにもドキドキと心臓の鼓動が高鳴りだす。

「ゆ、悠己くん……？」

「これはちょっと高いやつだから」

そう言って、悠己はぎゅっと手に何か握らせてきた。

それは丸くて、硬い石のような……。

「じゃ、トイレ行きたいから先に戻るね」

悠己は渡すだけ渡すと、足早に廊下を去っていった。

自分よりトイレを優先されたことはさておき、一人残された唯李は手のひらを広げて渡された物体を見た。

「こ、これは……」

いつぞやのパワーストーンによく似ていた。というか絶対にそれ系の石である。

ちょっと高いやつ……つまり高級なストレス解消ストーン。

（やっぱりメンタルヤベー女だと思われてるやんけ‼）

「ほあちゃぁっ！」

唯李は石を握りしめた拳を壁に叩きつけた。

ペチン、と壁を叩く音が廊下に虚しく響く。

それにわずかに遅れて、ゆったりとした女性の声がした。

「鷹月さん？」

はっと振り返ると、書類の挟まったファイルを片腕に抱えた担任の小川《おがわ》が、不思議そうな顔で立っていた。

「おはようございます」

「おはようございますじゃなくて、こんなところで何してるの？　もうホームルーム始まりますよ」

「ちょっとハエが壁に」

「ハエ？　いないみたいだけど……もしかして何か困ってることとかある？　勉強のストレスとか」

「一切ありません。毎日が幸せです」

「ふうん？　今は時間ないから、あとでゆっくり話しましょう。昼休み職員室来れる？」

「それはちょっと難しいかもです」

神経質かつ心配性の小川の話は無駄に長い。執拗《しつよう》と言ってもいい。

その優しげなルックスも相まって男子生徒の間では天使だ癒やし系だともっぱら評判なのだが、眼鏡をかけた姉に見た目がちょっと似ているので唯李個人的には少し、いやかなり苦手なのだ。

「あら、眼鏡……」

小川はいつもはかけていない唯李の伊達眼鏡に気づいたのか、顔をやたら近づけてきてまじまじと観察し始めた。

「それ……度入ってる？」

「かなり怒入ってます」

「ちょっと見せて」

「ダメです、変身が解けますので」

「やっぱり放課後にしましょう。そっちのほうがたっぷり時間取れるから」

（ぐぬぬぬぬ……）

ホームルーム始めるから行きましょう、と小川に優しく背中を押され、唯李はそのまま教室に連行された。

お弁当再び

その日、すっかり帰宅が遅れた唯李は、自分の部屋にカバンを放ると、着替えもせず足音を殺して姉の部屋の前に立った。

たまにはお返ししてやろうとゆっくりドアノブに手を伸ばすと、触れる寸前でぐるっとノブが回り、ガチャッと勢いよくドアが開いた。

「ひっ」

「何をしてるのかな？　人の部屋の前で」

ぬうっと顔を見せた真希に唯李は及び腰になりながらも、手に持った伊達眼鏡を突き出す。

「これ、もういらない」

「飽きるの早。まあうまくいくわけないってわかってたけど」

じゃあ早く止めんかいぼけぇ。

と出そうになったがそうすると失敗を認めてしまうことになるのでこらえる。

しかし今冷静になってみれば昨日今日とどうかしていた。

眼鏡かけて頭いい！　なんて小学生でも五分で飽きるやつだ。

「なんていうかね、強化系が具現化系に手を出すようなものでね。つまりメモリの無駄遣い……かな」

「なんかカッコつけてるけど要するに負けたのね」

「相手の土俵で勝負するなんて愚の骨頂よ。そんなのより強みを押していこうと思ってね」

帰宅途中考えに考え、改めて自分の強みを洗い出した。

これまでの戦績を鑑みて、効果があったもの。それすなわち。

唯李はぐっと腕を曲げて二の腕を叩いてみせて、

「まあ女子って言ったら、こっちよこっち」

「アームレスリング？」

「ちゃうわ」

女子の腕といえばもちろん料理。

料理といったらお弁当。

「初心に戻るっていうかね、結局そこに帰ってくるわけ。原点にして頂点というか」

「意外にそれぐらいしかなかったことに気づいたのね」

「んもうまたそうやって！　もうお姉ちゃんにお弁当作ってあげないから！」

唯李は踵《きびす》を返すと、大股に自分の部屋に戻ろうとする。

だが真希がすぐに後にひっついてベタベタと腕を触ってきて、

「待って待って〜。お姉ちゃんはねぇ、唯李ちゃんのいいところい〜っぱい知ってるよ」

「……たとえば？」

返答の代わりに真希の手がすっと下のほうから伸びてきた。

唯李はすかさずその手首をがっと掴んで、

「どうせこのケツがって言うんでしょ」

「ケツとは言わないけどね。言い方よくないよね」

もうすっかり手口は読めているのだ。これ以上相手にしている時間はない。

唯李はしっしと真希を追い払うと、自分の部屋に戻りながら、あらためてお弁当のレシピを考える。

（強み……料理……お弁当……ケツ……尻……臀部？　でんぶ？　そういうこと……？）

◆　◇

その次の日の朝は、唯李が遅刻ギリギリになって登校してきた。

椅子を引く音でちらっと隣の唯李へ視線を送ると、昨日一日引っ張っていたはずの眼鏡が今日は見る影もない。

悠己が「眼鏡は？」という意味を込めてじっと唯李の顔を見てやるが、当人は「何か？」と言わんばかりの何食わぬ顔で席に座っているので、

「……今日眼鏡は？」

「一晩寝たら視力回復した」

凄まじい自己再生能力。

あまりにきっぱりと言い切ったので、これ以上詮索するのもどうかと思い触れないでおく。

そんなことよりも今はテスト勉強だ。

やはり家に帰ってしまうとどうにもはかどらない。瑞奈に引っ張られてサボり気味になってしまう。

少しでも取り返さねばと机に向かっていると、おもむろに横から唯李の手が伸びてきて、机の上に花柄の布に包まれた箱状の物体が載せられた。

「何？　これは……爆発物？」

「お弁当。あげる」

「え？　なんで？」

「や、なんかその、お騒がせしたかなっていうお詫びの意味を込めて」

「何を？」

「いやだから、あれよほら……そう、昨日の石のお礼！」

なんだか無理やりこじつけた感がする。

相変わらずよくわからなかったが、もらえるならラッキーなので余計なことは言わずにもらっておく。

お弁当をカバンの中に押し込むと、少し身を乗り出してきた唯李が小声で、

「でんぶはいってるよでんぶ」

「はあ？」

「またまたぁ。好きなんでしょ？」

などとブツブツ言っているが意味不明なのでスルー。

それにしてもずいぶん余裕のようだが、よほどテスト勉強が進んでいるのか。


そしてお昼休み。

さっそく唯李からもらったお弁当を取り出していただこうとすると、またも唯李の席に女子が一人二人と集まってきた。

こうなるとここでおもむろに弁当箱を広げて食べるのはなんとなくやりづらい。

さらにこの女子集団の……特に約一名から強い視線を感じるのだ。こちらのリアクションが気になるのかなんなのかわからないが。

やがて隣がぺちゃくちゃとうるさくなってきてしまったので、耐えきれず悠己はお弁当を持って席を立つ。

せっかくのお弁当なのだから、静かなところでゆっくり食べたい。

そう思った悠己は、ふとこの間の例の場所に行こうと思いつく。

(凛央は……いないだろうなきっと)

まさか毎日あそこで食べているというわけでもないだろうし。

そんなことを思いながら昇降口から外に出て、校舎の裏手へ。

悠己も二度目なので勝手知ったるだ。

突き出たコンクリート部分をいくつかまたいで、さらに奥まったところの角を折れて、難なく到着。

「あ」

……いた。

まるで定位置のようにコンクリートのくぼみに行儀よく座り込んだ凛央は、漫画本を片手におにぎりを頬張っていた。

凛央はちら、と悠己に向かって一度目を上げたきり、すぐに漫画に視線を戻した。

悠己はそんな凛央の態度も気に留めず、傍らに腰掛ける。

「あ、会心撃の巨人だ」

凛央が読んでいるのは、この前出かけたときに唯李が新刊を買っていた漫画だ。

しかしよくよく見れば、手にしているのはどこかでレンタルした漫画のようだった。

「お店で借りてくるぐらいだったら唯李から借りればいいのに……」

そうこぼす悠己を無視して、凛央はひたすら黙々と目でコマを追っている。

ページをめくるのもやたら速い。まるで一人で速読選手権でもしているかのようだ。

「……それ面白い？」

「面白いわよ」

「いやその読み方」

「セリフはちゃんと全部読んでるわよ。内容もばっちり理解してるし」

「いや、そういうんじゃなくてさ……」

「唯李が好きだからって言うから、話が合うように勉強してるの」

「テスト勉強しなよ」

「勉強はもういやっていうほどやってるの。その……一人で暇だから」

最後に付け加えた一言が哀愁を誘う。

凛央は食べかけだったおにぎりを口に放り込んで、それから一度悠己の顔を見て、

「本読みながら食べるなんて行儀悪いか。まあ一人だったら気にしないんだけど」

本をしまいながら言う。まるでお邪魔が現れたとでも言わんばかりだ。

その傍らには、広げられた布の上にお弁当箱が置かれていた。

「それは？」

「私が自分で作ったお弁当だけど」

「自分で作ったの？　お弁当作れるんだ」

「バカにしてるの？　お弁当ぐらい別に難しいことないでしょ。作る時間があるか、やるかやらないかの話であって」

凛央はこともなげに言う。やはりハイスペック。

味のほどはわからないが、きっちり同じ大きさに切り揃えられた卵焼きと、ぴっちり同じサイズに握られた俵おにぎりが整然と詰まっている。

他にもほうれん草のおひたしとひじきの煮物、こちらも見た目がよく、しっかり仕切りの中に盛られていて、さながら何かの見本のようだ。

「な、なにジロジロ見て」

「なんか、お弁当にも性格が出るのかなって」

「どういう意味それは」

凛央が怖い顔になってきたのでそれ以上は何も言わず、悠己は持参した唯李の弁当を手にして蓋を開ける。

するといきなり、どかーんと眼前に桃一色が飛び込んできた。

（これは……ハート型時限爆弾……？）

ハート型に盛られたご飯の上の桜でんぶが、弁当全体にあちこち飛び散って引火している。

先ほど悠己が爆発物と言ったのも当たらずとも遠からずだったようだ。

持ち運んでお弁当を揺らしてしまったのも悪いが、そもそもでんぶ入れすぎ問題。

爆発の直撃をくらって「新手の嫌がらせか……？」と悠己が固まっていると、凛央が何事かと覗き込んできたので、ぱたっと一度蓋を閉じた。

「何で閉じるの」

「いやちょっと」

凛央のお弁当の横で、はたしてこれを見せていいのものか判断に悩む。

だが当の凛央は、なにか勘違いしたのか急に優しい口調になって、

「……そうよね、こんなところで寂しくお弁当だなんて、作ってくれたお母さんに申し訳ないわよね」

「お母さんは今はいないけど」

「……え？　あ、ご、ごめんなさい」

「いや別にいいけど」

というかよくぞそんなブーメラン発言を……と思ったが、凛央は自分で作っているからお母さんは関係ないと言えば関係ない。

まあ仮に母が作ったものだとしても、別に申し訳ないとは微塵も思わないが。

「ということはそれは……成戸くんが自分で作ったの？」

「いやこれは唯李からもらった……」

と正直に言いかけて、ちょっとまずったかなと思う。

案の定、凛央は目の色を変えて身を乗り出してきて、

「ゆ、唯李のお弁当……？　ち、ちょっとわけてもらえない……」

「イヤ」

「なら交換しましょ交換！」

「無理」

「一口、一口！」

「しつこいなあ」

本当にしつこいので仕方なく蓋を開けて、惨状を見せつけてやる。

ちらしでんぶ弁当を目の当たりにした凛央は、真顔で悠己の顔を見つめてきて、

「なにこれは」

「これはまあ、ちょっと揺らしちゃったからね」

「おいしそうじゃない。その肉巻きちょうだい」

しかしさして気にしていないようだった。強い。

「ひとつだけね」と言うと凛央は素早い箸さばきで肉巻きをかっさらって口に運び、目を閉じてゆっくりと咀嚼を繰り返してじっくり味わい始めた。

うっとりヘブン状態の凛央を尻目に、悠己も散らばったでんぶを一箇所に集めつつ、お弁当

に箸をつける。

「ちょっと！　もっと味わって食べなさいよ！」

「そんな一口ごとにちんたらやってたら食べ終わらないよ」

「じゃあ私にわけなさい。食べてあげるから」

「なぜそうなる」

もうこれ以上はやらん、と体で弁当をガードすると、凛央は恨めしげに睨みつけてきた。

「ていうかそれ、よくよく考えたら嘘でしょ？　私をからかうための。だいたい彼氏でも何でもない相手に、唯李がお弁当なんて作るはずがないわ」

それはまったくもっておっしゃるとおりだ。

しかし本当に唯李が渡してきたのだからどうしようもない。

「……でも妙なのは、たしかに唯李の味なのよね……。前にわけてもらったことがあるからわかるわ」

「このでんぶが？」

「いやでんぶは抜きで」

「味覚えてるのか……」

「そうやって引き気味に言うのはやめなさい。意外に覚えてるものよ」

味覚もハイスペックだということか。

しかしこうなると別の意味でちょっと怖い気もする。

うるさいので食べるペースを気持ちゆっくりめにすると、凛央はいよいよ不審そうな目つきで悠已に詰め寄ってきた。

「白状しなさい。お金で買ったんでしょ」

「違う」

「土下座」

「違う違う」

「はっ、さては盗んで……」

「だから違うって」

まったく信用がない。まあ前回お弁当をもらったときにお金を出そうとしたので、あながち的外れでもなかったりするのだが。

うーん……と眉間にシワを寄せていた凛央は、突然何か思いついたように顔を上げると、膝を打って声を荒らげた。

「わかった！　やっぱり何か唯李の弱みを握っているのね！　それでお弁当を作らせて……やけに親しげなのも納得がいくわ！　観念しなさい、私が唯李を助ける！」

などと勝手なことを叫びながら、凛央がいきなりぐわっと組み付いてくる。

冗談でふざけているのではなく、この力加減はマジだ。

危ない、と悠己はお弁当を安全地帯に避難させるも、体のバランスを崩した拍子に凜央に押し倒されてしまう。

そして素早く馬乗りになった凜央が、今に首でも絞め上げてきそうな勢いなので、

「だ、だから違うって。唯李はただ、隣の席の相手を惚れさせるゲームをしてるだけだから」

ついに白状した。

というか、やはり凜央には話しておくべきと思い直したのだ。

親友、と言うからには、相手の長所も短所も知っておいてしかるべき。

悠己の口から飛び出した言葉が思いもよらなかったのか、凜央の腕の力が急激に弱まる。

「……それは何？　どういうこと？」

「実は、唯李はその……。隣の席キラー……なんだ」

身を起こした悠己がそう告げると、凜央はいよいよ眉をひそめる。

「隣の席キラー……？」

「だからたぶん、このお弁当もその一環だと思うんだけど」

気を抜くと忘れそうになるが、唯李はあの極悪非道の隣の席キラーなのだ。

目的を達成するためならどんな演技も奇行もいとわない名女優であり、余裕で大嘘もぶっこく。

そして落としたあとは用済みといわんばかりの対応。

凛央とも一見仲良しかと見せかけて、ここ数日すっかり化けの皮が剥がれてきた感がある。

「俺も遊ばれてるんだよね要するに」

「な、なによそれ、何をそんなバカな……」

口ではそう言うが、その目には明らかに動揺の色が見られる。

悠己の上から退いた凛央は、手で自分の頭を押さえて激しくまばたきをしながら、

「ちょっと待って、待って。今整理するから。頭の中を整理する」

凛央のことだから相当なスピードで頭を回転させているのだろう。

徐々に徐々に、表情が険悪になっていく。どうやら本人、思い当たるフシがあるらしい。

「……それで私のときもあんなにもしつこく……!? 隣の席になった途端に急に……!?」

そしていよいよ頭を抱えだした。

酷なことかもしれないが、受け止めてもらわなければならないだろう。

二人が真の親友となるためには。

「そして今現在もこんなわけのわからない男にやたらつきまとっているし……！ わざわざお弁当まで作って……！」

「さりげに俺をディスるのやめてくれる？ だから言ってるでしょ、隣の席キラーなんだって。惚れさせるゲームなんだって」

「と、隣の席キラー……惚れさせゲーム……。ゆ……唯李ぃいいいっっ！！！」

カッと目を見開いて天を仰いだ凛央が、腹の底から振り絞るような雄叫びをあげた。

そしてその場に勢いよく立ち上がると、

「全部、全部演技だったというのね！　あの笑顔も、なにもかも……私を騙したのね！　弄《もてあそ》んでいたのね！　おのれ隣の席キラー……‼　ずっと、遊ばれていたなんて……！」

拳を握りしめながらワナワナと体を震わせる。

もっと疑ってくるかと思ったが、意外にも凛央はすんなりと受け入れた。

どうやら凛央自身、唯李の言動に引っかかるところがあったのだろう。

あれこれ喚《わめ》きながら凛央が今にも殴り込みに行きそうだったので、慌ててなだめる。

「ちょっと、待った待った」

「何？　邪魔だてするなら容赦しないわよ」

凛央が隣の席ブレイカー（物理）しそうな勢いで身構えてくる。

このまま変な誤解を生まないためにも、しっかり順を追って説明しなければ。

「違うんだ、正確に言うと……唯李は隣の席キラーという悪魔に取り憑《つ》かれてるんだ」

「へ？」

「そんなことをしてしまうのも、過去に何らかのトラウマを抱えているに違いなくて。それでねじれてしまっていて……本当の唯李は割といい子だと思うんだよ。たぶん」

「……隣の席の相手を弄んでいるのは、本来の唯李の意思ではないと？」

「そう。唯李の中に眠る悪魔にそそのかされているんだ」

そう言うと、凛央は難しそうな顔で腕を組んで考え込むようにして、

「なるほど、そういう……。ということはその悪魔を祓《はら》えば、私の唯李は戻ってくるのね？」

かどうかは実際のところ不明だ。悠己自身、素の唯李を知らないわけで。

どの道私の唯李ではないと思うが野暮なことは言わない。

「まあ、たぶんそんな感じかな」

「それを知りながら成戸くんは……」

「生温かく見守ってあげてるだけ。ゆっくり焦らずね」

「それはつまり、悪魔退治を一人で成し遂げようと……？　おお……あなたがプリーストか」

プリースト？　と悠己は首をかしげるが、凛央は突然ぱっと悠己の手を取ってきて、

「私も協力するわプリースト成戸。いえ、協力させて。デビル唯李退治に」

何やらキラキラと目を輝かせている。さらに変な名前をつけられてしまった。

少し気味が悪いので悠己はなんとも答えず握られた手を放すが、凛央は俄然乗り気になって話を進めてくる。

「それで、具体的に何をすれば？」

「いや、これと言って何ってことはないんだけど……あくまでこう、優しく見守るだけっていうか」

「そんな悠長にしている場合？　私は一刻も早く唯李を救ってあげたいのに」

「そうは言ってもなぁ……」

「じゃあたとえば……今隣の席キラーに具体的にどんな攻撃を受けているの？」

　いきなりそんな質問をされて、思わず首をかしげてしまう。

　細かいことを言い出したらキリがないが、さしあたって今一番大きい案件と言えば、

「今度のテストで負けたほうが、相手を言いなりにできる券を渡すっていう……」

「言いなりにできる券……。なるほど、それで相手を揺さぶろうというわけね。いかにも隣の席キラーがやりそうな……」

　まるでよく知っているかのような口ぶり。

　凛央は眉をひそめて視線を宙にさまよわせたあと、

「なら向こうが仕掛けてきたのを逆手に取ってやればいい。テストに勝利して、その言いなり券を使ってデビル唯李を改心させる……」

「それはどうかな。『あいよ！　おいなり一丁！』ってやってくるかもしれない」

「なによそれは」

　何食わぬ顔で人のボケを取ったりするからやりかねない。

　その正攻法はおそらく難しい、と言うと、

「それじゃあこんなのはどう？　テストで完膚《かんぷ》なきまでに勝利して……さらに渡された言いな

り券を目の前で破り捨ててやるのよ。こんなものしょうもないと。これだけやられたら、さしもの隣の席キラーも、かなりの精神的ダメージを受けるのではないかしら」

たしかにそれだけやられたら、かなりショックだろう。

それで悪魔が成仏するかどうかは謎だが、さすが頭脳明晰なだけあって人の嫌がることを考えつくのもうまい。

とはいえ、ここのところ唯李も意味不明に言動が不安定であるからして、あまり過激なことはできれば避けたい。

「う〜ん、それもちょっとなぁ……。どっちにしろテストで勝たないことにはお話にならないし」

「それはわかってる。『これだけ覚えておけばらくらく高得点を取れるテストに出るとこノート』を私が作って、成戸くんに渡せばいいんでしょ」

言いなり券を実際どうするかはひとまず置いておいて、これは思いがけぬラッキーだ。

勝負云々を抜きにしても、今回は少しまずいかと思っていただけに。

だいたい唯李も、勝負と言っておきながらいきなり仲間を呼ぶのはずるい。そもそもフェアじゃないのだ。

渡りに船とばかりに、悠己は凛央の提案に乗っかることにする。

「じゃあノートは任せた」

「唯李には試験にそんなとこ出るかバーカ的なノートを代わりに渡しておけばいいかしら」

「鬼畜だね」

「これも唯李を正気に戻すため。仕方のないこと」

「でもそこは勝負だから、ノートは同じ条件にしよう。あとでそのことで文句がついたらショックを与えられないでしょ」

「なるほど……さすがはプリースト」

「それやめてくれない？」

聞いているのかいないのか、凛央はしきりに感心するように頷いて、やや興奮気味に顔を近づけてくる。

「それで、今現在勉強はどんな調子？　いけそうなの？」

「う〜ん、ちょっとヤバイかも」

「どうして」

「それはどうも環境が悪いというか……」

学校で唯李がうるさいのは言わずもがな、家でもちょくちょく邪魔してくる瑞奈のせいで集中して勉強ができない。

さらに、この前の休みは帰ってきた父に、無理やり神社に連れていかれた。

「それなら家じゃなくて、他の場所で勉強すればいいじゃない。学習室なり、図書館なり」

「それもそうなんだけど、妹のことも見張ってないとなぁ。しっかり勉強させないと」

瑞奈を一人でずっと家に放置するのも少し心配ではある。

仮に家に帰らずどこかで勉強した場合、「ゆきくんいつ帰ってくるのなんで帰ってこないの。瑞奈と一緒にいたくないんだ」だとかうるさそう。

「わかった。じゃあその妹を黙らせて、ちゃんと勉強させればいいわけよね」

「え?」

今度はそう息巻きだす凛央。

瑞奈のことを知らないだけに簡単に言うが、並大抵のことではない。

すっかりやる気の凛央の横顔を見て、悠己の頭にはなんとなく不安が……いや不安しかよぎらなかった。

瑞奈VS凜央

そして放課後。

悠己は凜央とともに自宅に帰ってきた。

凜央がちんたらしている余裕はないと言って、早速その妹とやらをどうにかすると始まったからだ。

正直あまり気は進まなかったが、凜央の勉強の教え方が上手なのは悠己もすでに知るところだ。

説明するときの話し方も悠己と違ってどこか板についている感じがあるので、あわよくば瑞奈も……と淡い期待を込めながら凜央を連れてきた。

玄関ドアを開けて先に悠己がリビングに入っていくと、ソファに寝転んでゲームをしていた瑞奈がむくりと体を起こした。

「あっ、ゆきくんおかえりな……」

が、すぐに悠己の背後に人影を認めるなり、バランスを崩してどさっとソファから転げ落ちる。

そのまま立ち上がることもせずに、瑞奈はしゃかしゃかと床を這《は》うようにしてリビングを出ていった。

凛央は新種の動物でも見るような目で瑞奈を見送ると、視線をそのまま悠己に向けてくる。

「……何？　今のは」

「いや……ちょっと待ってて」

凛央をリビングに待機させ、テレビのゲームつけっぱなしで自分の部屋に逃げたらしい瑞奈を追う。

すると案の定ドアの隙間から、外の様子を窺っている瑞奈を見つける。

いつぞやの唯李のときと同じパターンだ。

「瑞奈、ちょっとお客さんだから出てきて」

「だから聞いてないよ！　そういうのちゃんと瑞奈に言ってからにして！」

そう言って瑞奈は口をとがらせると、首を伸ばしてこっそり凛央のいるリビングのほうを見やる。

そしてあっ、と目を見開くと、

「ゆきくんが……早くもゆいちゃんを捨てて他の女に！」

「いやいや違うって」

「じゃああの人は何？」

「あの人はほら……最近知り合って。すごく頭いいから、瑞奈の勉強見てもらおうと思って」

「勉強って……なんで勝手にそうやって！　もーいい、もう怒った。もうミナテラスは岩戸に……いや成戸に隠れます」

瑞奈はそう言ってドアを閉めた。が、すぐにまた少しだけ開けて、

「……まぁゆきくんがどうしてもって頭を三回下げて頭を撫でてくるなら、この諸葛《しょかつ》瑞奈がこたえてやらんこともない」

わずかなドアの隙間からうまいこと言ってやったみたいな顔をする。

「なんかいろいろ混ざってるけど、それは三顧の礼？　よく知ってるじゃん」

「知ってるよそれぐらい。諸葛孔明ってビーム出す人なんでしょすごくない？」

「それはゲームだけの話じゃないかな」

変なところで雑に詳しいのはどうせゲームとかで得た知識だろう。

ズビビビ、だとか叫びながら瑞奈が飛びついてくるのを受け止めると、

「何をごちゃごちゃやってるの？」

すぐ後ろで声がして、振り返ると凛央が若干むすっとした顔で立っていた。

唯李とは違って、おとなしく待っているようなことはしないようだ。

「それじゃ、早速勉強しましょうか」

すかさず瑞奈がさっと悠己の背後に隠れるが、凛央はおかまいなしに瑞奈の手を強引に引こうとする。やはり唯李とは対照的にかなり強気だ。

対する瑞奈は凛央に捕まらないよう身を縮こまらせ、悠己を盾に回り込んで身を隠すと、

「かおがこわい」

そう耳打ちしてするっと自分の部屋に逃げ込み、バタンとドアを閉めた。

「ちょっと、逃げられたじゃないの」

するとすかさずその怖い顔が迫ってくる。これは瑞奈がそう言うのも無理はない。

デフォルトで目が若干つり上がっている感じがあって、それは悠己も前々から思っていたことだ。なのでそのまま凛央に伝言してやる。

「顔が怖いって」

「こ、怖いって……別に、普通でしょ？」

「やっぱ凛央にはもっと笑顔が必要かな」

笑顔笑顔……でまず思い浮かんだのが、例の唯李のキメ顔写真だ。

悠己は取り出したスマホに唯李の写真を表示して、凛央に見せてやる。

「これをお手本にしてみて」

「こ、これってこの前言ってた写真……？　どういう状況でこんな顔……」

「それは本人に詳しく聞いてみないとわからない」

最初は訝しそうにしている凛央だったが、写真とにらめっこをしているうちに徐々に口元が緩んできた。

たしかにこの写真、じっと見ていると元気になるというか、じわじわ笑えてくる妙なパワーがあるのだ。

「じゃあ顔はそのままで、待ってて」

スマホごと凛央に手渡すと、悠己はドアを開けて瑞奈を諭《さと》しに部屋の中に入る。

ぱっと見瑞奈の姿はなかったが、ベッドの上の布団がわかりやすくこんもりしていた。

ばさっと布団をのけると、案の定丸まって寝たふりをしている瑞奈を発見。

完全に見つかっているのにぴくりともせず、うんともすんとも言わないので、

「瑞奈、全然勉強してないでしょ？　もうすぐテストなのに」

「んなこたない。瑞奈は努力を表に出さないタイプだから」

瑞奈は寝転がったままぐりっと首を曲げて謎のドヤ顔を向けてくる。

今ので乗り切ったつもりらしい。

「だからあのお姉さんが勉強教えてくれるって」

「えぇ～～～。なんか偉そうだし、顔怖いし、友達いなそう」

お前が言うな案件。だがそんなことない友達いっぱいだよ、と否定もできない。

「友達はまあ、ちょっと……。いろいろあるんだよ、いろいろと」

悠己が言葉を濁すと、瑞奈は意外にも「ふぅん……」とやけにおとなしくなった。友達いない同士、何か思うところがあるのか。

それから瑞奈を起こして一緒に部屋から出ていくと、なんとか笑顔をキープしている凛央が外で出迎えた。

「それじゃあ、勉強始めましょうか」

こころなしか声音も優しくなっている気がする。

瑞奈は悠己の陰からおそるおそる、という顔で凛央を見上げていたが、

「じゃあマスブラ……瑞奈にゲームで勝ったらね」

「それはなぜ？」

「え？」

「なぜゲームで勝たないといけないの？」

凛央は瑞奈の提案に間髪《かんぱつ》入れず切り返していく。

瑞奈はまさかそんな返しをされるとは……みたいな顔で驚いているが、むしろなぜ唯李のときにこうならなかったのか。

「テストで点取らないとゲームは没収」

「なるほどその手があったか……」

「……これが普通でしょ？」

凛央に呆れ気味に言われてしまった。

だがそれは聞き捨てならねえと、再度悠己の背中から顔をひょこっと覗かせた瑞奈は、びし

っと凛央を指さして、

「いやそのりくつはおかしい！　ゆきくん！　なんとかして！　お帰りいただいて！」

必死に悠己の背中を叩いては揺すってくる。

もちろん悠己自身は瑞奈の味方というわけではないが、ただこうなると瑞奈のほうはいよいよ黙っていられないようで、

「ていうかいきなり来て何なの！　何者なの！　ゆきくんとはどういうご関係！」

悠己の背後に隠れながら喚いている。

するとここで初めて、凛央の顔に戸惑いの色が浮かんだ。

「その、私は……」

伏し目がちに、ちらちらと悠己の顔色を窺ってくる。

よっぽどプリーストと従者とかアホなことを言い出すかと思ったが、さすがに瑞奈の手前自重したらしい。

しかしそうなるとなんと自称すればいいのか、というところなのだろう。

助けを求めるような凛央の視線を受けて、代わりに悠己が答える。

「だから彼女はその……友達だから」

「え？」

顔を上げた凛央が、驚いたように目を見張らせる。

ちょっと意外なリアクションをされて、悠己のほうから思わず聞き直してしまう。

「あれ、違う？」

「う、ううん……」

凛央は微妙に緩んだ表情を引き締めて、控えめにふるふると首を振った。

そんな彼女のぎこちなさというか弱気そうな部分を嗅《か》ぎ取ったのか、ぱっと悠己の背後から飛び出た瑞奈が、凛央の前でふんぞり返っていく。

「え～でもなんかなぁ～友達って言ってもなぁ。ゆいちゃんのほうがノリいいし面白いし笑えるし。だいたいゲームもできないんじゃなぁ～。そんな人に教えてもらうことなんてないっていうか～……」

もし唯李がいたら「おい我年上やぞ？」と凄んでいきそうな言い草だ。

しかしそう言われてピクっとまつげを瞬かせた凛央は、若干低い声で聞き返した。

「……私が、ゲームで勝てばいいのよね？」

その一言で周りの空気が変わった。

だがこの流れはまずいと、すかさず悠己が間に入る。

「ちょっと待って、やめなよ凛央」

「大丈夫よ、マスブラでしょ？　私やったことあるから」

「え？」

「もともと弟が持ってて、この前唯李が好きだって言ってたから借りてちょっと練習したの」

弟いるんだ……と少し驚きだったが、「ちょっと練習した」というワードはどう見てもよろしくない展開が予想できる。

瑞奈はちょっとやそっとでどうにかなるレベルの相手ではないのだ。

すかさず待ってましたとばかりに悠己を遮るように瑞奈が躍り出て、

「じゃあ決まりね！　くっくっく……木っ端《こ　ぱ》微塵にしてやる。あのちゃんゆいのようにしてやったりとほくそ笑みながら、一足先にリビングに戻っていく。」

テレビにつけっぱなしになっているのは、ついさっきも瑞奈がプレイしていたゲーム……この前唯李とも遊んだマスブラだ。

コントローラーを二つ手にした瑞奈は、一つをソファの隅っこに置くと、もう一つを持ったままその反対側の端に腰を落ち着けた。

凛央はコントローラーを拾い上げると、髪をかきあげながらソファに腰掛ける。

普段どおりの落ち着いた所作ではあるが、おそらく瑞奈の実力をみくびっているのだろう。

これでは唯李の二の舞になってしまうのでは。ただでさえ凛央がコントローラーを握っているのを見ると、なんだか違和感があるのだ。

「ん～誰にしようかなぁ～」

一方の瑞奈は前回の唯李のこともあり、自信たっぷりの様子でキャラを吟味する。

瑞奈のカーソルがフラフラしているうちに、凛央がとっととキャラを選択すると、「むっ」と一度凛央の顔を見た瑞奈は、負けじとすぐにキャラを決めてバトルスタート。

ゲームが始まると、凛央のキャラはなぜかその場で素振《すぶ》りをくりだし始めた。

「あれれボタンわかんないのかなぁ～？　でも練習とかそういうのないからね！　勝負の世界は非情なり！」

そう言って容赦なく攻め込んでいく瑞奈。やはりいくらなんでも無茶だ。

悠己としては凛央を応援したい心情だが、一方的にやられるのを見るのも心苦しい。

早くもゲーム画面を見ていられなくなっていると、突然機敏な動きをした凛央のキャラがカウンター気味に瑞奈のキャラに技を当てた。

「あっ！」

瑞奈が声を上げる間に、凛央はさらに連続技で一気に手痛いダメージを与える。

すっかり油断していた瑞奈は、今ので相手が只者ではないと悟ったのか、やや前のめりにテレビを注視しすぐに反撃に移る。

「……ここはフレ有利。ジャスガで反確」

かたや凛央はブツブツ謎の呪文を唱えながら、難なく瑞奈を返り討つ。

一度大きく瑞奈のキャラを弾き飛ばすと、凛央は遠くから延々飛び道具攻撃を繰り返しだした。

これはかなり嫌な動きだ。耐えきれず瑞奈が飛び込んだところへ、待ってましたとばかりにジャンプ攻撃で迎え撃つ。

「さっきからそればっかりずるい！」

「勝負だから仕方ないわよね」

「ぬぅっ……」

凛央は似たような行動を繰り返し、ミスのない正確無比な操作でダメージレースを有利に運んでいく。

瑞奈も警戒してはいるが、よほど凛央の立ち回りがうまいのか、延々それに引っ掛けられてしまい歯が立たない。

悠己はよくわからないなりに観戦するも、実際何が起こっているのかよくわからなかった。

「なんか機械みたいで気持ち悪い！」

そしてついに瑞奈が悲鳴を上げる。

同時に画面には大きくKOの文字。凛央の圧勝だった。

まさかの敗北を喫した瑞奈は、案の定不服そうな顔をしている。

「んん……なんか納得いかない……」

「ちょっと今のはズルかったかな。勝ちに行くやり方だから……じゃあ次は小細工抜きでやりましょうか」

「つ、つよい、つよすぎる……」

そして数十分後。

お互いキャラを変えステージを変え。

瑞奈も何度か惜しいところまではいったものの、結局すべて凛央の勝利に終わった。

すると、とうとう瑞奈はがくりと首をうなだれてコントローラーを手放した。どうやら完敗らしい。

「なんで、どういうことなの……」

そのまさかの結果にあっけにとられたのは悠己も同じだ。

当の凛央は、どこかの誰かさんのように「イエーイ勝った勝った〜！」などとアホ丸出しで調子こいたりはしない。

落ち着き払った様子でコントローラーを置くと、瑞奈の肩に触れて小さく微笑みかけた。

「でもびっくりした、すごく上手だったわよ。きちんと考えてゲームしてる。頭の悪い子にはできないわ」

敗者にムチ打つような真似はせず、それどころかお褒めの言葉が出た。

瑞奈はてっきり勝利の舞をされるとでも思っていたのかおどおどと腰が引けていたが、予想

「の、望むところよ！」

外に優しい言葉をかけられてぱあっと表情を明るくした。

「ゆきくん見て、褒められた！」

「よかったね」

瑞奈がゲームをやって素直に褒められたことが、はたしてあったかどうか。

悠己には相変わらずさっぱりだったが、凛央がそう言うのならそうなのだろう。

「にしてもすごいなあ凛央は。ゲームもうまいなんて」

「全然まだまだよ。上には上がいくらでもいるし」

もとはと言えば唯李と遊びたいがために……だった気がするが、しかしもし一緒に遊んだ場合、この実力差ではさらに友情に亀裂が入るのでは……。

そんな予感がふと頭をよぎったが、とりあえず余計なことは言わないでおく。

「さ、勉強見てあげるから、部屋に行きましょうか。そしたら成戸くんは……」

凛央は立ち上がって自分のカバンをごそごそとやると、数枚束になったコピー用紙を取り出して渡してきた。

どうやら例のテストに出るとこノートの部分コピーらしい。

「とりあえずはい、これ」

「ありがとう」

凛央はコピーを渡すと、瑞奈と一緒にリビングを出ていった。

しかし驚いたのは瑞奈が一切口ごたえせず凛央に従ったことだ。

さっきのバトルで強者と認めたのかなんなのか、やけに素直だ。

一人残された悠己は、早速リビングのテーブルで凛央から受け取ったノートのコピーを使って勉強を始めた。

凛央の用意したノートのまとめは簡潔でわかりやすく、想像以上の代物。

瑞奈がすぐに飽きて部屋を飛び出してくるかと思ったが、そんな気配もなくすこぶる静かで何の邪魔も入らない。

（これはすごくはかどる……）

やがて一時間、二時間……と過ぎたあたりで、凛央と瑞奈が部屋から出てリビングに戻ってきた。

どういうわけか瑞奈は自信満々にキラキラと目を輝かせて、

「瑞奈やれる気がしてきた……やればできる賢い子だった！」

何を吹き込まれたのかしらないがすごいやる気だ。

傍らに立った凛央は優しく瑞奈の頭を撫でながら、

「今日は瑞奈よく頑張ったわね」

「はい、りお先生！」

先生……？　と思わず二人の顔を行ったり来たりさせてしまう。

お互いニコニコと笑顔で、どちらかが無理をしているようなそぶりは感じられない。

あの瑞奈がこんなふうに従順な姿勢を見せるなんて、どうにも舌を巻く思いだ。

ちゃんゆいなどと下に見られているっぽい人のときとは態度からして違う。

「いやぁ……驚いたなぁ。さすがは隣の席ブレイカー」

「だからそれは何って言ってるの」

「ほら、うまく言うこと聞かせるの慣れてる感じあるなって。アメとムチみたいな」

「そ、それは……今でこそおとなしいけど、うちの弟も昔はこんな感じだったなって……なんとなく思い出して」

「それとやっぱり笑顔が効いてるね。ニコニコしてたら優しいお姉ちゃんって感じだし」

「だ、だからそれは別に……瑞奈はもともとの地頭がいいのよ。ちゃんとやらなかっただけで」

凛央はかすかに頬を赤らめると、ごまかすように瑞奈の髪に手を触れる。

またも褒められて、瑞奈は両手を上げてガッツポーズをすると、

「天才や……瑞奈は天才やったんや！　ゆきくん！　今日は天才にふさわしいご飯を用意していただきたい！」

「じゃあ牛丼？」

「うおっしゃああ！」

勉強で溜め込んだエネルギーを発散するように、やかましく声を張り上げる。

しかし何にせよ、勉強に前向きになったのはいいことだと悠已は思った。

◆　◇

一方その日の晩、唯李の自室では。

「こうきたら……こう！　こうきたらこう！」

一人必死にゲームをする唯李の姿があった。

ついさっきまでいい加減テスト勉強に手を付けようと思っていたのだが、今しがた届いた一通のメッセージが唯李を終わりない修行へと駆り立てた。

『今日りおが来てね、マスブラめっちゃつよいんだよ！』

瑞奈からのラインだった。

見た途端、「あァッ!?」と思わず巻き舌気味に声が出た。

実は今日の放課後、凛央には勉強を教えてもらおうと誘いを入れたのだが、まさかのお断りをされたのだ。

いきなりではあったが、こちらからの誘いを断られたのは初めてのことだ。

それに「ごめんなさい唯李……あなたのためを思ってのことなの」などと言って明らかに凛

央の様子がおかしかった。

しかしそれが悠己の家でゲームとは何事か。あまりに唐突な事態に頭が混乱していると、さらに連続でメッセージが来た。

『勉強も教えてもらった。ちょー頭いいんだよ、りお先生！』

（な〜にがりお先生だよ、優しい唯李お姉ちゃんをそっちのけで……）

これは改めて教育が必要だ。今度クッキーでも持っていって懐柔するか。

それにしても何だって急にこんなことに……。

いろいろと気になることはあるが、まず問題としてはどちらが先に誘ったのかだ。それとなく探りを入れてみる。

『悠己くんはなんて言って連れてきたのかな？』

『俺の愛人だよって言ってたよ』

「ンブフォッ‼」

メッセージを見た瞬間口から鼻から同時に息が吹き出た。

慌ててティッシュで顔を拭っていると立て続けに瑞奈が、『ギャグにきまってるでしょ〜』と送ってきたので『やだもう瑞奈ちゃん超おもしろ〜い』と返す。

（なんも面白いことないわ。まったくしょうもないこと言いおってからに……）

と言いつつも実際のところ疑心暗鬼になりつつある。

冗談でもそういうワードが出てきてしまうのは非常によろしくない。

ここは唯李お姉ちゃんはお兄ちゃんの彼女ですよ、ときちんと念を押しておくべき。

『りおは凜央先生。じゃあゆいは？』

『え？　ちゃんゆい？』

『ゆいお姉ちゃんでしょ（ニッコリ）』

いたしかたなく笑顔の絵文字を入れるが何を笑っとるんじゃという話だ。

『ゆいちゃんはお姉ちゃんっていう感じじゃないなぁ～。なんか、ゆいちゃんって感じ』

褒められているのか、けなされているのかわからない。

いややっぱりバカにされてるのかな？　と返信に迷っていると、

『パンダのぬいぐるみ、りおが取ってくれたんだって。ゆいちゃんは取れなかったんだってね』

（悠己だな……あの野郎余計な情報を……）

続けてプークスクスみたいなスタンプが送られてきて、唯李のスマホを握る手に力が入っていくと、

『でも瑞奈に取ってあげるって最初に言ってくれたのゆいちゃんなんでしょ。ありがと、ゆいちゃんだいすき！』

（ウッ、胸が……）

ああ、なんていじらしい。やはりいい子なのだ。少しでもイラっときた自分が情けない。

唯李は止まっていた指をウキウキで動かしてメッセージを送る。

『あたしも瑞奈ちゃんのこと大好きだよぉ～。イイコイイコしてあげるねーよしよし。チューもしちゃおうかな～？』

『あ、そういうのはいいです』

まったく兄妹そろって食えねえやつらだ。

すぐさまメッセージを取り消したくなったが後の祭り。

『そういうのはゆうきくんにやってあげて』

『それはまあ、そのうちね』

『そのうち～？　あーゆいちゃん恥ずかしいんだ～』

と今度はプギャーと指さしをするスタンプ。

再度唯李がプルプルとスマホを強めに握りしめながら沈黙していると、

『でもりおがゲーム上手でゆうきくんもすごいってびっくりしてたよ。めずらしく』

凛央がゲーム得意だなんて話、聞いたことがない。

そもそもゲームの類はやらないのではなかったか。

一見そうでもなさそうな……だけど実は。みたいなのはやはり効果的なのかもしれない。

実際あの低リアクションの悠己が驚いたというのだ。

『そうするとゆいちゃんが一番弱いね。ダントツで』

『や〜まいったなぁ〜あはは』

「舐めてると潰すぞ」と一度打ったのを消してそう送ると、唯李はラインを終了する。

この前はゲームで負けて拗ねてる唯李ちゃんかわいいでしょ？　を演出していたのだが、悠己にはまったく効き目がないようだった。

それなのに凛央のときはすこぶるいい反応だったというではないか。

(もしやゲームうまい子フェチか……？)

ここで挽回するには絶対的な力、強さを示す必要がある。

現状ザコ扱いの唯李が凛央に大金星を上げれば、悠己ものけぞって驚いて評価を改めるに違いない。

凛央からもらったノートを広げて机に向かっていた唯李は、ペンを捨てゲームを起動し、コントローラーを握った。

そして冒頭に戻る。

「ここでドーンってやってパーンって行けば……」

(むっ、殺気！)

唯李はテレビから目を離して、ぱっと首を左に回した。

いない。ならば右、と見せかけて左！　……やはりいなかった。ただの気のせいか。

「何やってるの？」

びくっと背筋が伸びる。

振り返ると、ドアを開けた真希が不審顔でこちらを見ていた。

「ついに予知能力に目覚めてしまったか……」

「何が？」

警戒気味に近寄ってきた真希が、唯李のすぐそばに膝をつく。

「……何やってるのかと思ったらゲーム？　もうテストなんじゃないのいい加減」

「お姉ちゃん、絶対に負けられない戦いがあるんだよ」

「いやゲームでしょ？」

コケにされたままでは前に進めない。ちゃんゆいにもプライドというものがあるのだ。

それに何より悠己と凛央……やはりあの二人絶対に怪しい。

(もしかして向こうも狙ってる……？　まさか)

もしや悠己→凛央ではなく凛央→悠己なのでは。

という疑念が頭をもたげかけてきている。それはまずい。

「だいたい家に呼んだって……そんなもん浮気だよ浮気ぃ！」

「とんでもない言いがかりね。付き合ってすらいないくせに」

「な、何よ、何の話だかわかってる？」

「だから例のライバルの話でしょ。へえ、やっぱり強敵ってこと？」

（強敵も強敵……まじゅい。勝てる要素ががが……）

唯李が見たところ、凛央には弱点という弱点が見当たらない。

見た目、文句なし。頭の出来、文句なし。運動神経も文句なし。

あの人当たりがキツめな感じがちょっと難ありかとは思うが、弱点かと言われるとそういうわけでもなくむしろ強い。

「弱点がないなら作ってしまえホトトギス」

「何それ？　ダメねぇ、全然わかってない。こういうとき、相手を褒める女が余裕あるのよ」

「どういうこと？」

「人を褒めるところを見て、ああこの子いい子だなぁってなるわけ」

なんだかそれっぽいことを言っている。

ここはものは試しと、今日の件を探りがてら悠己にラインを送ってみる。

『今日はなんだか凛央先生が家庭訪問だったのかな？』

しかし待てども全然返信の気配がない。

意味不明と思われているのかと、おそるおそる追撃のメッセージを送る。

『やっぱり凛央ちゃんすごいね。あの瑞奈ちゃんに勉強やらせるなんて』

とやると、ちょっと間があって返信が来た。

『そうだね、すごいね』

『頭いいしきれいだし。運動もできるんだって』

『へえそうなんだ』

終了。

凛央アゲで終わりましたが何か。完全無欠をこれ以上バフしてどうする。

どうやら姉にはめられたらしい。

文句の一つでもつけてやろうと思ったが、真希はお風呂に入ってくるとか言って、とっとといなくなっていた。

こうなったらやはりデバフだ。しかしいったい何をどう言えば……。

何か凛央の弱みとなるようなもの、何かないか。

思い出せ、思い出すのだ。

『凛央ちゃんって意外と大食いらしいよ。前にお弁当わけてあげたら際限なくパクパク食べてたからね』

『へえ、いっぱい食べる子っていいね』

まさかの墓穴《ぼけつ》。しかし思わぬところで情報ゲット。

どうやら大食いキャラがお好みらしい。

『あーでも、あたしも休みの日とかゴロゴロして漫画読みながらコーラにLサイズポテチ開けちゃったり』

『うわぁ』

なぜそこでドン引きなのか。不健康そうなのはダメなのか。

とにかくデバフだ。何か他にないのか。

『まぁ～でも凛央ちゃんちょっと怒りっぽいところあるからねぇ』

『いやぁでも、厳しくしないとダメなとこはダメなんだなぁって思った』

『そうそう、やっぱそうよね。あたしもキレるときはキレるからね。いざってときは』

『ゲームで負けそうになって怒ってたもんね』

誰だそのクソガキは。

いつの間にかセルフデバフしていることに気づき、文字を打つ手が止まった。

そもそも人の足を引っ張ろうという時点で最悪なのだ。もうダメ。いろいろ無理。

『でも唯李のほうが楽しそうにゲームするよね。なんか一生懸命って感じで』

(ふ～ん、ふ～ん……)

画面の文字を見つめる唯李の頬がにんまりと緩んでいく。

「しゃあっ」と気合を入れた唯李は、再度テレビに向き直ってコントローラーを手に取った。

言いなり券のゆくえ

それから数日をまたいで、とうとうテストの日がやってきた。

問題だった瑞奈は凛央に何か言い含められたのか、ここ最近はテスト勉強だと言って珍しく自分の部屋にこもっていた。

おかげで家でも邪魔されることなく、渡された凛央のノートのコピーもあわせて、とても効果的に勉強ができた。

初日は主要三科目のテストで最も大事な日だ。

前日悠己は早めに就寝し、そしていつもより少し早めに登校して、自分の席にやってくる。

テスト直前ということもあり、教室内は心なしか普段より静かだ。

隣の唯李もたいていはあいさつなりなんなり何かしら声をかけてくるが、今日は死にものぐるいでノートをめくってはもどしてを繰り返し、じっと机にかじりついている。

それにしてもやけに夢中になっているので、悠己はなんとなしに横から覗き込んで、

「それ凛央にもらったノート？」

「邪魔しないで、今ちょっと集中してるから！」

と唯李は必死の形相だが、もうものの数十分後にはテストが始まる。

最後の最後まで追い込みをしようというのか。ここ数日ずいぶん余裕をかましていたようだが、ここにきて意外に本気だ。

それからホームルームが終わり、テストのために出席番号順に席を移動して座り直す。

悠己は教室中央一番前、かたや唯李は一番後ろの席という並びなので、それ以降の唯李の様子はまったく窺い知れない。

最後に自分の席を立つ際、隣で「やべえよやべえよ……」とブツブツ言っているのが聞こえたような気がしたが、とりあえず今は配られたテスト用紙に意識を集中させることにした。

三教科分のテストが終わると、緊張の糸が途切れたように教室にはいつものやかましさが戻った。

周りがあれこれとテストの感想を言い合う中、悠己は一人そそくさと元の窓際の席に帰ってくる。

今回、準備期間が短かったわりに手応えはとてもよかった。

何より凛央からもらったノートの功績が大きい。これがよく要点を捉えていてさすがというべきか。

とはいってもまだ初日。これから土日を挟んで来週からまたテストなので、そうやすやすと気は抜けない。

カバンの中にノートや筆記用具を詰めていると、唯李がふらっと席に戻ってきたので早速尋ねてみる。

「どうだった？」

「ま、まあね～……」

唯李はうんうんとしきりに頷いてみせる。

だが顔は明後日のほうを向いたままで、頑なに目を合わせようとしない。というか目が泳いでいて明らかに挙動不審。

かと思えば唯李にしては珍しく早々と帰り支度を始めて、

「じ、じゃあ勉強があるから……」

「ふぅん？　凛央にはもう教えてもらわないの？」

「り、凛央ちゃんは今関係ないでしょ！」

凛央というワードによほど拒否反応でもあるのか、ムキになって言い返してくる。

唯李は諸々詰めたカバンをひっつかむと、

「ふんっ、せいぜいリオリオしてればいいよ」

謎の捨て台詞を吐いて、そそくさと一人で教室を出ていった。

◆　◇

休日を挟んで無事すべてのテストが終わり、学校は通常授業に戻る。

テスト期間中は唯李と席が離れることもあり、ここに来て向こうが闘志？　を燃やしていることもあって、ろくに口も利かない状態が続いた。

ふと思うと、ここ最近は休日でも土日のどちらかは唯李と会うか、スマホで何らかのやり取りをするかしていたので少し珍しいことではある。

だがまあ、唯李に言わせるなら結果が出るまでは今まさにバトル中、で余計な馴れ合いはしないということなのだろう。

それとどうやら唯李は裏で悠己が凛央と徒党を組んでいるとでも思っているようだが、しかしあながち誤解でもないのでなんとも言えないところである。

凛央は凛央で相変わらず唯李を助ける助ける張り切っていたが、悠己としてはとりあえず無難にテストを乗り越えれば御の字だ。

どうにも最近ギクシャクしているこの二人に関しては、一度テストが落ち着いたらなんとかしてあげたいとは思っているのだが。

その日は初日に行った主要三科目のテストが一気に返却となった。

最初の授業で戻ってきたのは国語。八十五点。悠己にしてはまあまあできたほうだ。

「唯李はどうだった？」

そう隣の席に水を向けるが、答案を受け取って戻ってきた唯李は、うんともすんとも言わず難しい顔で机の上を睨んでいる。

ちなみに唯李は答案用紙の下側三分の一を上に折り曲げて、さらに点数を隠すように角を内側にガッツリ折り込んでいた。

折込チラシでも作っているのかと覗き込みながら、悠己は再度尋ねる。

「ねえ、唯李は？」

「カツカレー」

「点数」

一人食堂にでもいるのかと思ったが、それきり唯李はなぜか机の角を見つめたまま固まっている。

いつ動き出すかと横顔をじっと見つめていると、唯李は時おりぴくぴくと頬をひくつかせるだけで、点数を答えようとする気配はない。

結局ガン無視を決め込んだのか、そのまま授業が終わるまで一言もしゃべらなかった。

それから立て続けに英語、数学と、計三つのテストが返却になった。

テストが返されるたびに唯李は毎回そんな調子で、テスト勝負などすっかり忘れたかのようだ。

このままスルーでうやむやにされるのもなんだかシャクだったので、三時限目が終わるなり悠己は改めて唯李に声をかける。

「ねえ勝負はどうしたの？　全教科返されてから一気に見せ合うってこと？」

唯李がなおも無視してこそこそとテストをしまおうとするので、ちょっと待ったと手を伸ばす。

するとビクっとした唯李が焦って腕を引いたはずみに、握りしめていた点数の部分がビリっとちぎれた。

その切れ端の点数の左のケタに、一瞬五の文字が見えて悠己は「あっ……」となる。

なんとも言えない空気の中唯李の顔を見ていると、急にぐっと口をへの字にした唯李は、いきなりがばっと机の上に突っ伏した。

「くうぅ～～うぅぅっ、うぅっ……！」

何やらくぐもったうめき声を発しながら、足をバタバタとさせる唯李。

しばらくして発作は治まったが、いつになっても顔を上げようとしないので、とんとん、と悠己は優しく肩を叩いてやる。

するとゆっくり上半身を起こした唯李は、まるで救いを得たかのような顔で悠己を見た。

「悠己くん……」

「俺数学九十点だから。次国語見せて」

「鬼か貴様」

さっと唯李の表情が真顔に戻る。

それでも悠己はお構いなしに唯李の手元を覗き込んで、

「それ五十いくつ？　ちゃんと計算しないと」

「いい！　もうあたしの負けでいいから！　だからやめて、もうやめて！」

唯李が両手を合わせてしきりに頭を下げだした。突然の全面降伏。

正直拍子抜けだったが、唯李の潔い降参により勝負はほとんど悠己の不戦勝となった。

まあ最後までやったところでどの道結果は変わらないだろうが、他もよほどひどい出来だったのか。いったい何をやっていたんだか。

「本当に俺の勝ちでいいんだ？　そしたらほら、券」

「……ケ、ケンですか？　昇〇拳？」

「違うでしょ」

そう突っ返すと、何を思ったか唯李は突然傍らのカバンを開けて、中からタッパーを取り出して無言で差し出してきた。

とはいえ意味がわからないのでこれもそのまま手で押し返す。

「あれ？　いらないこれ？　おいしいクッキー入ってるんだけど」

「なんで脈絡もなくクッキー？　ごまかそうとしてるよね」

前もって用意してきている時点で、どうやらこの展開を予想していたに違いない。

それでもめげじと唯李は再度カバンをゴソゴソやると、

「しょうがないなぁ……じゃあほらこれ」

さらにもう一つタッパーを取り出してきて、蓋を開けて中を見せつけてきた。

こちらはやはりというか案の定、おいなりが四つほどぎっちり詰められていた。

「絶対やると思った」

「中にゴマ入りだよ？」

「だから何？」

ノリで押し通そうとする唯李を、悠己はあくまで冷静に突っ返す。

いい加減諦めたかと思ったが、唯李は急にお得意のからかい顔を作って、

「や〜でも、悠己くんそんな必死に頑張っちゃったってことは、唯李ちゃん言いなり券がそんなに欲しかったんだ？」

「そこまで頑張った感はないけどね」

相手が勝手に自爆したというか。それにやはり凛央のノートの効果は大きい。

逆に言えばあれをもらっておいてろくに点を取れないとなると、ほとんど勉強していなかったのではと疑うレベル。

「それで券は？」

「はいはいわかったよ、わかりましたよ！」

そもそも自分で言いだしたくせに半ギレだからたちが悪い。

唯李は色付きのメモ帳を取り出してビリっと一枚ちぎると、そこにペンでサラサラっと「いいなり」と走り書きした。

「い、いや〜でも、ＪＫいいなり券とか響きがもうかなりヤバイね。なんか犯罪のにおいがするよね」

「唯李が自分で言い出したんでしょ？」

いいから早くと手を差し出す。

唯李はこの期におよんでまだためらっているようだったが、何か意味ありげに一度ちらっと悠己を上目に見つめたかと思うと、エイっと券を手に押し付けてきた。

呪いでも込めたのかと警戒しながら受け取ると、悠己は透かすよう持って券を眺める。

（これが言いなり券……）

あまりに雑すぎて簡単に偽造できそうだ。床に落ちてたら普通にゴミ箱に捨てると思う。

これを唯李の目の前で破り捨てる……という話もあったが、やはり改めて一度凛央に相談するべきだろう。

というか今ここで唐突にそんなことをしたら、普通にブチ切れられる予感しかしない。

奇声上げておいなりさん投げてきそう。

(妖怪おいなり投げ……)

想像してしまってつい口元が緩む。

するとそれを見咎めたらしい唯李が、

「なっ、何を想像してるのそんなにやにやして……」

「ヒミツ」

「ひ、ヒミツって……い、言っとくけど、だっ、ダメなものはダメだからね？　いくら言いなりって言っても……」

「ダメなものって何が？」

悠己が振り向いて真顔で聞き返すと、言葉に詰まった唯李はみるみるうちに顔を赤らめだした。

それでも何事か言い出すのを、悠己がじっと見つめながら待っていると、

「な、なんでもない！」

唯李は荒々しく席を立って、教室を出ていってしまった。

それから少しして唯李はすました顔で席に戻ってきたが、やはりどこか落ち着かない様子だ。

よほど券をいつ使われるか気になるのか、ときおりチラチラと隣から視線をよこしてくる。

なのでこちらもちらっと見返してやるが、唯李はさっとあさってのほうを向いて知らんふり。

そんなことを何度かやっていると、しまいに唯李はそれだけでは飽き足らず、せわしなく机を指でとんとんとやりだした。

まるで何かのヤバイ禁断症状が出ている人のようだ。

試しに券を一度ポケットから取り出してじっと眺めて、また元に戻すを繰り返してみると、

「おい」

「はい？」

「遊ぶな」

怒られた。

使うならひと思いにさっさとやれ、とでも言わんばかりだったが、悠己としてはまだそのつもりはない。

そんな思惑も知らずになおも警戒する唯李のおかげで、悠己たちの席の間には謎の緊迫感が漂い続けた。

昼休みになると、あらかじめスマホで凜央と連絡をとっていた悠己は、昼食がてら例の場所で凜央と落ち合うことにした。

言いなり券をポケットに忍ばせ、奥まった校舎の裏に入っていくと、凜央は何も口にせずに緊張の面持ちで待ち構えていた。

「こ、これが唯李の言いなり券……」

悠己が券を手渡すと、凛央は食らいつくようにして「いいなり」と雑に書かれた文字をじっと見つめた。

持った手が若干震えている。見た目は落書きしたただの紙切れだが、まるで当選した宝くじでも手にしたかのようだ。

「それを唯李の目の前で破り捨てるっていう話だったよね」

「で、でも……よくよく考えると、せっかく唯李が作ったのにそんなこと……」

「五秒ぐらいで作ってたよ」

せっかく作った感は微塵もない。

ついに言いなり券を手に入れたというのに、凛央はどうにも浮かない顔だ。

「どうかしたの？」

「私、唯李に嫌われたかもしれない……」

「どうして」

「この前、唯李からのラインの返信が……」

凛央はそこで一度言葉を飲み込む。

もしや悠己の知らない間に二人の仲がこじれていて、返信がないというのだろうか。

「……いつもより十分ぐらい遅かったの。普段は既読がついたらすぐに返ってくるんだけど、

「ちょっとぐらい待ってあげようよ」

ただの被害妄想らしい。

既読がつく瞬間を待ち構えて、時間を数えているというのもすでにちょっとアレだが、この人はこの人で機械のごとく即レスしてきそうで怖い。

「ちなみになんて送ったの？」

「別に、『テストどうだった？』って……。『まあ楽勝……かな』って来たから『楽勝だったわよね』って返しただけよ」

「ああ、それはダメだね」

「そ、そんな。私はすごく自然な感じだったのに……。それでちょっと変な感じで終わって、顔を合わせづらくて……で、でもこれを使えば……」

凛央は言いなり券をじっと注視しながら、ごくり、と息を飲む。

そうしてしばらく何事か考えているふうだったが、急に腕を伸ばして悠己の鼻先に券を突き出してきた。

「……や、やっぱりこれ、成戸くんに返すわ。これを使って仲良くなるなんて、そんなのは邪道よ」

「いや、だからそれ目の前で破り捨てるって話じゃなかったっけ？」

ちらりと本心が出たようだ。

隣の席キラーを退治するだの回りくどいことをするよりも、そっちのほうが手っ取り早そうだと気づいたか。

「だって、私考えたんだけど……唯李がゲームの一環で私と仲良くなっただけだったら、それが元に戻ったら、私のことなんて相手にしなくなるんじゃ……。そんなことになるんだったら、いっそ今のままで……」

どの道今もそこまで相手にされてないような気もする。

……という感想が一瞬悠己の頭をかすめたが、あくまでそんな気がしただけなので口には出さない。

「と、とにかくこれは返すから！」

そう言って凛央は、言いなり券を悠己の手に無理やり押し付けてくる。

「私が唯李を助ける！」と意気込んでいたあのときの勢いはいったいどこへやら。

いざ土壇場《どたんば》になってすっかり弱気になってしまい、これではお話にならない。

悠己は受け取った券をひらつかせて、

「じゃあこれはどうするの？」

「ど、どうするって……どうするの？」

と質問を質問で返され、お互い謎のお見合いとなった。

昼休み終わりのチャイムとほとんど同時に、悠己は教室の自分の席まで戻ってきた。

今日はどこぞの席に出張していたらしい唯李も、ちょうど帰ってきて隣に着席したので、悠己はすかさず声をかける。

「今日の帰り、ちょっと話があるんだけど」

ボソリとそう言うと、唯李は警戒心たっぷりに顔を向けた。

「……な、何?」

「例の券を使おうと思って」

ピクっとかすかに唯李の表情がこわばる。

券というワードに相当敏感になっているようだ。

「放課後になったら裏庭に来てほしいんだけど」

「う、裏庭? ど、どうしてまた……」

「なるべくその……人がいないところがいいかなって」

「ふ、ふぅん……? ずいぶんもったいぶるじゃない」

表面上余裕そうな笑みを浮かべる唯李だが、これから授業だというのになぜかまた弁当箱を机の上に出して、やっぱりすぐにしまったりと謎行動を取っている。

何を想像しているのかわからないが、悠己としては別に人気のない場所ならどこでも構わないだけだ。

放課後になると、悠己は「先に行ってるから」とだけ唯李に告げて先に一人で教室を出た。

廊下を歩いていって四組の教室の前で凛央と落ち合う。

「いよいよか」

「う、うん……でも本当にやるの？」

凛央はやたら青白い顔をしていた。目線も定まらずそわそわと落ち着きがない。

それでも真っ向から敵対するのではなく「あくまで唯李の味方だよ」というスタンスのもと、たられば話をしていても仕方ないので、当初の予定通り唯李の前で券を破り捨て、隣の席キラーを揺さぶったところを二人がかりで説得する、という流れに落ち着いた。

こんこんと諭すというのがポイントだと凛央に念を押す。

「凛央、顔が怖くなってる。笑顔笑顔」

悠己がそう促すと、凛央はなんとか友好スマイルを作ってみせるが、緊張しているのか変に引きつっていて逆に怖い。

かと思えば急にお腹を手で押さえだして、

「ち、ちょっとトイレに……先に行ってて」

背中を丸めながら、早足にトイレのほうへ歩いていってしまった。

仕方なく悠己は一人で先に唯李との待ち合わせ場所に向かう。

昇降口を出ていつもとは別の方角へ曲がり、教員の駐車場を抜けて、花壇と幹の細い木が立ち並ぶ裏庭へ。

裏庭は校舎の形に沿うように広がっていて芝生《しばふ》になっており、横幅はそうでもないが縦にやたら長い。

遠目に二、三人生徒の影が見えるぐらいで、周りに人の気配はなかった。

悠己は校舎の壁に背を向けて軽く寄りかかるように立つと、手前の花壇の花を眺めながらぼうっと待つ。

しかし待てども一向に凛央の姿が現れる気配はない。

確認を取ろうかとスマホを取り出すと、ちょうど凛央からラインが来た。

『お腹痛いから帰る』

まさかの小学生レベルの言い訳。

ただざっきの様子ではお腹が痛くなったのは本当っぽいので、責めるに責められない。だがこれで完全に予定が狂った。

そして何をしているのか肝心の唯李もやたら来るのが遅い。もしかするとあちらにもバックレられた可能性がある。

(こんなところで俺はいったい何をやってるんだろう……)

なんだか急にむなしくなってきた悠己が、自分もお腹痛いして帰ろうかと思った矢先、足音がして近くに影が落ちた。

「お、おうっす……」

顔を向けた悠己に、現れた唯李が何事か言って小さく手を上げた。

一見普段どおり……に見えるが少し様子がおかしい。妙に表情がこわばっていて声もやけにくぐもっている。

「遅かったね」

「そ、それで、何を……？」

若干上ずった声で、早くも先を促してくる唯李。

前で組んだ指先をいじくり回しながら、不安そうな、それでいてどこか期待するような眼差しで、軽く上目に見つめてくる。

なんともなしに悠己もじっと唯李の顔を見つめ返していると、「唯李がゲームの一環で私と仲良くなっただけだったら……」と話す凛央の弱気な顔がふと頭をよぎった。

悠己はポケットをさぐってかの言いなり券の感触を確かめると、おもむろに取り出して唯李に向かって差し出しながら言った。

「じゃあはいこれ。これで、今度一日凛央と遊んであげて」

「えっ……？」

せわしなく動いていた唯李の指先がピタリと止まる。

わずかに間があって、唯李がぼそっと低い口調で言った。

「……なんでまた凛央ちゃん？」

「なんでまたって、別に何だっていいんでしょ？　言いなり券なんだから」

そう返すと何が気に食わないのか、唯李はとてつもなく腑に落ちない顔だ。

それどころか急に顔をうつむかせたかと思うと、

「……それ言うために、わざわざこんなとこまで呼び出したわけ？」

「いや、単純に言いなり券だなんだってゴチャゴチャやってるのあんまり見られたくないし」

慶太郎だの園田に見つかったらそれこそ事だ。

それに本当なら、凛央とも落ち合って話をつけるための呼び出しだったわけだが。

「凛央も来る予定だったんだけどさ。急にお腹が痛くなったって……」

「……そ、そうやってまた凛央凛央凛央って……」

低く唸るようにしながら、唯李がふるふると体を震わせだした。

どうも先ほどから少し様子がおかしいので聞き直してみる。

「どうかした？　もしかしてダメ？」

「いや、だ、ダメっていうか！　そ、そこで凛央ちゃん出てくんのおかしいでしょどう考えても！」

何がおかしいのか悠己としてはいまいち要領を得ない。

いよいよ本格的に首をかしげてしまう。

「どういうこと？」

「だ、だって……だって悠己くん、凛央ちゃんばっかりであたしのことかまってくれないんだもん！」

唯李はギュッと目をつぶったかと思うと、突然振り絞るようにそう叫んだ。

鋭い語気に当てられた悠己は、はっと息を呑んで目を見張る。

（何をそんな急に大声で……？）

さもこちらが悪者であるかのように糾弾《きゅうだん》してくるが、どうにも腑に落ちず、かしげた首が戻りそうにない。

「……かまう、とは？」

ペットか何かか？　と思ったがそういう意味でもないだろう。

具体的に何をどうするのがかまうに該当するのか。

悠己的には唯李にかけている労力は相当なものだと思っているし、今もこうやって十二分に相手をしていると思うのだが。

まっすぐ唯李を見て聞き返す。

すると顔を上げた唯李は自分で言ったにもかかわらず、まるで何かやらかしたかのように露骨に視線を右往左往させながら、口をパクパクとさせた。

「あっ、や、い、今のはなんでもっ……」

「なんでも？」

「なっ、なん……なーんちゃって」

唯李はグーにした両手をこつんと頭のてっぺんにぶつけて、顔を若干傾けながらぺろっと舌を出した。

謎言動の連続に、悠己があっけにとられてただ立ちつくしていると、

「……なぁんちゃって？」

なぜかもう一回やった。今度は疑問形。

今のはなかなかイラっと来た。瞬間風速的にかなりのものだったが、ここで乗せられてはいけない。

それこそ相手の思うツボだ。ここは焦らず、ゆっくりだ。

「ごめんね唯李。俺が悪かったよ」

口から出たのは今の素直な気持ちである。

苛立ちを通り越して、もはやなんだか申し訳ない気分になってきた。

「俺、唯李のことわかってなかったよ、ごめん」

「悠己くん……」

「本当、全然わかってなくて……とにかくわからなかった」

「……わからない言いすぎじゃない？」

「でもこれだけははっきりわかる。俺やっぱり唯李のことが気になるから」

「へ？」

凛央のことも心配ではあったが、改めてこっちのほうがずっとヤバイと再認識した。

そもそも凛央があれだけ心乱しているのも、元をたどれば隣の席キラーの仕業なわけで、やはり諸悪の根源はここにある。

するとそれまでの重たい顔色から一転、ぱっと見開いた唯李の瞳にキラキラとした色が戻る。続けて口角がにんまりと持ち上がりかけたが、その途中で唯李は慌てて険しい顔を作ってみせて、

「そっ、その割に、凛央凛央言うのは何なの！」

「凛央凛央言うって……それは、唯李と仲良くするのはどうすればいいかって、凛央から相談受けてたんだよ」

「え？」

そこで悠己は凛央が一人でご飯を食べていること、唯李ともっと仲良くなりたくていろいろと陰で努力していることなどをかいつまんで話した。

すると今度は唯李のほうが首をかしげ始めてしまって、

「あれ？　でも凛央ちゃんは去年いっつも隣で一緒に食べてたんだけど……？　そのあとは

……？　で、でもウソでしょ？　そんなの……」

「ウソじゃないよ。本人に聞いてみれば？」

「いやそれはすごい聞きづらい」

さしもの唯李といえど「ねえねえぼっち飯してるの？　どんな気持ち？」とはやりづらいらしい。

やはり唯李は凛央の微妙アピールに気づいてなかったらしく、困ったように眉をひそめる。

「でもそれならそうと、早く言ってくれればいいのに……」

「気づくチャンスいくらでもあったと思うんだけど」

「そ、それはちょっといろいろゴタゴタしてて！　悠己くんも、ずっと黙ってたくせになんで今になって言うの！」

「いや、それはやめてって一応口止めされてたし……俺が勝手に口出すのもなぁと思って。でもなんかめんどくさくなってきたから」

できるだけ凛央自身の力で、と考えていたがいつになっても堂々巡りで進展がなさすぎる。

それどころかより険悪になってきているし今日もグダグダだしで、もう無理やりやってやらないとダメだと思った。

「それにしてもなぁんだ、そういう……そういうことだったのかぁ！」

だが当の唯李は凛央が悩んでいたことを知ってなぜかうれしそうだ。

どこか吹っ切れたように表情を明るくさせて、ついさっき見せた重たい空気はどこへやら。

この女マジで鬼畜か……？　と思いながらも、悠己は言いなり券を唯李の手に握らせる。

「だから、その券で凛央と遊んであげて」

「そういうことだったら言いなり券なんて使われるまでもないよ！　あたし、明日は凛央ちゃんと遊ぶ！　もう遊び倒したるわ！　もう凛央ちゃんたら普段ツンツンしてるくせにマジ萌えキャラじゃん、かわいすぎか！」

「じゃあ券返して」

間髪入れずにそう言うと、ニッコニコだった唯李の頬が一瞬で引きつった。

直後、券が唯李の手の中でビリっと真っ二つに引き裂かれる。

「あ、手が滑った」

「いやわざとでしょ今の」

「再発行は受け付けておりません」

唯李はおすまし顔でどこぞの受付嬢のように慇懃《いんぎん》に言う。

そして一転、お得意のニヤニヤ顔を作ると、破けた言いなり券を左右の手に持ってひらひらとさせて、

「えぇ～なぁに悠己くん、そんなに言いなり券使いたかったんだぁ？　唯李ちゃんになにをしてほしかったのかなぁ～？」

「それはほら、枕にでもしようかと思って」

「ホームセンターで買ってこい」

唯李はぐしゃっと言いなり券を丸めるなり、そのまま投げつけてきた。

紙くずが悠己の頭にぺちっと跳ね返って地面に落ちる。

「妖怪言いなり券投げだったか……」

「……今なんて？」

「なんかもう疲れたから帰る」

「えっ、ちょ、ちょっと待ってよ！　あ、あれぇいいのかな？　悠己くん本当に言いなり券使えなくていいのかなぁ～？」

「もういいよ言いなり券は。なんかいろいろめんどくさいし」

「め、めんどくさいってなんやねん！　せっかくの言いなりチャンスをめんどくさいって！」

言いなりになりたいのかなりたくないのか。

どうせまた隣の席キラーの戯言《たわごと》だろうと、やかましい唯李の声を背に悠己は帰路についた。

唯李VS凛央

そのあと、唯李は翌日凛央を遊びに誘うべく、ラインのメッセージを送った。

昨日の今日で突然の誘いだったが、凛央は快く応じたので悠己に宣言したとおりの運びとなる。

そして翌日、土曜の昼下がり。

二人で最寄り駅近くの喫茶店で軽くランチを済ませたあと、唯李は自宅に凛央を招いた。

姉は朝早くに友人と、両親は車で出払っていて家は誰もいなかったが、凛央は玄関で「お邪魔します」と礼儀正しくあいさつをして家に上がる。

それから二階にある唯李の自室へ。

部屋の前でドアノブに手をかけたところで、唯李はふと動きを止めて、

「言っておくけどオタ部屋じゃないよ？　『ゆいの部屋』って書いてあるでしょ。導かれし者のみが入れる禁断の聖地だから」

「導かれし者……？」

「オタバレしたくなかったから呼びたくなかったとかじゃないから。ていうかオタじゃないから」

よくよく思い返せば、こうやって自分から友達を家に誘うということをした記憶がない。

それこそ小さいときは誘う相手がいなかった、というのもあるが、他人を家に呼びたくないという気持ちを明確に持っていたのは覚えている。

もしかするとその恥ずかしがりで秘密主義な部分が抜けきっておらず、それを無意識のうちにずっと引きずっていたのかもしれない。

ふとそんなことを思った唯李は、ここにきて妙な緊張感に襲われる。

（ヤバイなんか変にドキドキしてきた……。友達でこれって……もし相手が男の子だったら……？）

そういえばこの前悠己はしれっと「とりあえずウチ来て」なんて誘ってきたが、内心どんな気持ちだったのだろうか。

（いや、寝ぼけて出てくるようなやつだからどうかな……）

あのぼうっとした間抜け面を思い出すと、急におかしさがこみ上げてくる。

それでいくぶん気が紛れた唯李は、一息にドアを押し開けて入室。

続けて部屋に足を踏み入れた凛央はと言うと、物珍しげに部屋の配置だの壁のポスターだのをキョロキョロ見渡しながら、その場に立ちつくしている。

少し挙動不審な感じだが、それはもう今日落ち合ったときからずっとそんな調子だ。

そんな凛央の服装は今日も今日とて、以前と出かけたときと同じ明るい色のかわいらしいワンピース姿。そして生足。

本人意識してか無意識なのか、見た目に自信がないとおいそれとできないような格好だ。

そもそも凛央は異性の視線だとか、そういうものにも無頓着なように見える。

「そのワンピースかわいいねぇ。それお気に入り？」

「うん。というかよそ行きの服ってこれしかないの」

「えっ……？」

「だって普段は制服あるじゃない？」

「あ、あぁ……」

冗談なのか本気なのかわかりかねたが、あまり突っ込んではいけない案件かもしれないので
ここはスルー。

かたや唯李はどうせ家で遊ぶ予定だったので、薄手のパーカーにショートパンツというラフ
な格好だ。

「どうぞどうぞ座って座って」

そう言って座布団をすすめると、凛央は両足を大胆に曲げてぺたっと女の子座りをした。

一方ベッドの端に腰を落ち着けた唯李は、思わずちらっと凛央の膝のあたりに目が行く。

「わかるね。男子の気持ちわかる」

「……なにが？」

これはやはり無意識お色気キャラ。

まあお色気というほどでもないが、そういうのも萌え要素としてアリだなと唯李は内心にやりとする。

凛央はそわそわと落ち着かない様子であちこち目線をさまよわせていたが、やがてぎっしり詰まった壁際の本棚に目を留めて、

「な、なんだかいっぱいあるのね……。見てもいい？」

「ん、いいけど……」

凛央は膝立ちに前かがみになると、本棚をじっとガン見し始めた。

これまた無自覚なお尻つきだしポーズ……は置いておいて、何か性癖を見られているようで妙に恥ずかしい。

「あ、あ～……あたしって意外とインドア派だからね。意外とね」

と弁解をしていくが、凛央は熱心に棚を見入っていて聞こえていないのか相づちすらない。

「お笑いのＤＶＤとかもあるのね。こっちは……」

「あ、あんまり見ないでね。恥ずかしいから」

こんなこともあるかと思い、本当にヤバそうなものは棚の奥の列に隠してある。

というか単純に雑食なのだ。その数ある中に、ＢＬ漫画の一冊や二冊あっても何ら不思議ではないというだけの話。

それでも凛央のじっと鋭い目線が、今にも危険なものを発掘しそうな勢いなので、

「そ、それじゃあ、一緒にゲームやろっか! こっちこっち」

もうそれ以上はよせと、唯李は無理やり凛央の手を引いてテレビ前の座布団に座らせ、ゲーム機の電源を入れる。

選ぶゲームは当然、かの因縁のマスブラ。悠己の話によると、凛央は自分と一緒に遊びたいから練習したというが、いじらしいではないか。

「これ一つしかないから凛央ちゃんこっちね」

唯李は凛央のすぐ隣に腰掛けると、しれっと使いづらい小型のコントローラーを渡す。

そうは言ってもそれとこれとは話が別。勝負の世界に余計な情は無用。この時点ですでに戦いは始まっているのだ。

「なんだか緊張するわね……うまくできるかな」

唯李の思惑も知らず、凛央はややこわばった顔で画面を見ながらコントローラーを握る。

唯李は凛央がキャラを選ぶのを待って、後出しで持ちキャラの中から相性の良さそうなキャラを選んだ。

凛央の実力のほどは瑞奈から聞き及んではいるが、こちらも以前とは比べ物にならないほどに成長しているからして、現在すでに瑞奈を軽く超えてしまっているだろう。

そのまま凛央も簡単にひねってしまうかもしれないが念のためだ。

そしてバトルスタート。

開始直後、唯李は一度凛央のキャラと距離を取り、無駄に動き回って相手の出方を窺っていると、

「そうそう、そういえば成戸くんは、いい人よね」

「え？　そ、そう？」

いきなり悠己の名前が出てきてつい手元の操作が止まる。

急になんなんだ、と思ったとたん、凛央のキャラが近づいて攻撃を繰り出してきたので、慌ててコントローラーを握り直して対処する。

「一見何も考えてないようで、いろいろと考えてくれているし」

（これはまさか……相談を聞いてもらっているうちに好きになっちゃったかも的な……？）

なんだかんだで優しいのはそれぐらい知ってるし？　と一瞬張り合いかけたが、ここで無駄に悠己アゲをして、さらに凛央からの評価を高めてしまうのもどうかと思った唯李は、

「そ、そうかなぁ～。ときどき人間みを感じない発言するけどね」

「そんなことないわよ。あれでも彼はとても心配してるのよ、唯李のことを」

「えっ？」

またも手が止まった隙に、凛央のキャラが放った強攻撃が直撃し、唯李のキャラを大きく吹き飛ばす。

思わず唯李は「んなっ⁉」とあんぐり口を開けて一度凛央を睨みつけ、急いでテレビ画面に目線を戻す。

「で、でもそれはね……もちろん、私もだけど」

どうやら意味深な話をして気をそらす作戦らしい。意外にせこい手を使う。

しかしそうとわかればもうまともに耳を貸す義理もないと、唯李は話を聞き流すことにしてひたすらゲームに意識を集中させる。

「その……きっと唯李も何か辛いことがあって、苦しいのはわかるわ。わかるけど……」

「ふぅん、そうなんだ～」

だがその間も唯李のキャラは見る影もなくボコボコにされている。

凛央はチラチラと唯李のほうばかり見ていて、ゲームはどうでもよさそうなのにもかかわらずだ。

そして修行の成果むなしく、圧倒的な差をつけられて唯李がKOされかかると、

「ち、ちょっタンマタンマ！　さっきからなんかボタンきいてないかも！　なんか充電のとこも点滅してるし！」

「だから……ね？　唯李も、もうやめよう？　隣の席キラーなんていうバカなマネは」

そのとき、凛央が操作するキャラの動きが止まった。

ここぞとばかりに唯李は強烈な一撃を入れて凛央のキャラを弾き飛ばし、一ポイント取り返

す。

「おっしゃとったぁ！　見たかこれぃ！」

「……ねえ、聞いてる？」

「ん？　ああ何？」

「だから、隣の席キラーなんてもうやめなさいって」

（トナリノセキキラー？）

気づけば凛央はゲームそっちのけで、やけに深刻な顔をしながらこちらを見ていた。

突然謎の単語が飛び出てきていったいなんぞやと唯李は首をかしげるが、凛央のキャラがリスポーンしてきたのですぐに注意をゲームのほうに戻す。

「今回だって、その……言いなり券だなんて、自分からそんな提案するなんて……唯李ももっと自分を大切にしないと。そんなことまでして、惚れさせせゲームなんてもうやめなさい」

「アアッ⁉　なんじゃゃウソやろ今の⁉」

「あっ、ち、違うの今のは別にそういう、命令っていうわけじゃ……」

「え？　あ、ゲームゲーム」

ここはいける、というところでありえない挙動でカウンターを食らった。

してやったりのドヤ顔をされるかと思ったが、凛央はやたらと神妙な面持ちで、

「それで隣の席キラーなんて、陰でそんなあだ名までつけられて……」

「……え、ちょっと待って。ていうかその隣の席キラー？　ってなに？」

唯李はいよいよ不審に思って聞き返す。

何やら勝手に話が進んでいるようだが、そんな単語は初耳である。

「だからそれは、唯李が隣の席になった相手を惚れさせるゲームをしてるって……」

「……それ、誰が言ってたの？」

「それはプリースト……いえ成戸くんが」

なんとなくしていたいやーな予感が的中して、唯李は眉をひそめる。

「……悠己くんが凛央ちゃんに？」

「そうよ。それで私は、唯李がそういう危ない綱渡りをしていると思って……今回のもほら、テストで負けたほうが相手の言いなりになるだとか……さすがにやりすぎだと思ったし」

（あいつ……どこまでしゃべりやがった？）

言いなり券のことまで知っているとは。

しかしそれではまるで、自分が悠己のことが気になってちょっかいをかけているようではないか。

……いやまあ実際そのとおりではあるのだけども、そうやって第三者に告げ口していくのは反則だろう。少なくとも唯李ルールではそうなっている。

「そ、それは……言いなり券は、もともと悠己くんが言い出したような……気がしないでもなくはない」

「じゃあお弁当をあげたのは何？」

「え？　お弁当……？」

「成戸くんが唯李のお弁当だって言って見せびらかしてきたの」

そういえばお弁当をあげた日、どうも悠己の姿が見えないと思ったら、いったいどういうつもりで……。

それで唯李が惚れさせゲームをしているだとかなんとか、凛央に変なことを吹き込んだのかもしれない。

しかし実際、そう取られてもおかしくないことをしているのは事実だった。お弁当という証拠もあるとなると説得力抜群。

かといってここで「ゲームなんかじゃねえんだよ！」と開き直るわけにもいかない。

（……まじゅい、ごまかせ。なんとかごまかせ）

「あ、あれはそのぅ……残飯だよねある種。余ったでんぶ全部ぶち込みましたみたいな？」

「なっ……ていうことは何？　じゃあデビル唯李は……？」

「なにその風〇拳しそうなやつ。とにかくあたしは、その隣の席キラーとかっていうのも全然知らないから」

（くっそあいつ、裏で勝手に変なあだ名を……）

　唯李がきっぱりそう返すと、ついにコントローラーを動かす凛央の手が完全に止まった。

　ピクリとも動かなくなった凛央のキャラに、これはチャンスと唯李が大技を叩き込もうとすると、

「な、成戸ぉぉぉおおおおおお‼」

　激しい凛央の怒号とともに画面には大きくKOの文字。

　強烈なカウンターコンボをもらった唯李のキャラが、場外遥か彼方に吹き飛ばされた。

「あああああっ⁉」と唯李も一緒になって叫ぶが、すぐに凛央の様子がおかしいのに気づいて、

「ちょ、ちょっとどしたの凛央ちゃん急に⁉　そんなドスの利いた声で！」

「まんまと謀《たばか》られたわ‼　ライアー成戸ぉぉおおお！　おかしいとは思ったのよ、だいたい唯李がそんなことするわけないのよ、隣の席キラーだなんだって……！」

　ギリギリと歯噛みをした凛央が、コントローラーを放り出して立ち上がった。

　そしてぎゅっと両拳を握りしめてわなわなと体を震わせながら、

「あの男だけは許せん！　信じた私が愚かだったわ！」

「な、何が？　どうしちゃったのいきなり？」

「唯李、あの男はやはり危険よ。金輪際《こんりんざい》、唯李には近づけさせない！」

「ちょっ、り、凛央ちゃん？　落ち着いて落ち着いて！」

「こうなったら今から家に乗り込んで……！」

「いいから落ち着け」

今にも部屋を飛び出していきそうだった凛央の顔面を唯李フィンガーで捉える。

ふごっ⁉　と変な声を出した凛央を、改めてその場に座らせて、

「よーしよし、ステイ！　ステイだよ凛央～！」

ふぅふぅと荒い呼吸をする凛央の頭を撫で、ぽんぽんと肩を叩きながらコントローラーを手に握らせる。

これでなんとかひとまず落ち着けた。

それにしてもなんだって凛央がこんなハッスルする事態になっているのか。

きっと悠己がお得意のボケであることないこと吹き込んだに違いない。

（ていうかデビル唯李ってなによ。隣の席キラーって……）

よくもまあ吹いてくれたものだ。

ならこちらもお返しと、唯李は凛央の目の前に腰を落ち着けて、ゆっくり諭すように語りかけた。

「あのね……悠己くんはかわいそうな人なの。まあその……ご覧のとおり、ちょっとその、人と考えがズレてるっていうか……。あたしも偶然隣の席になって、『あっ、こいつやべえな』って思ったから、なるべく優しく見守ってあげようかなって。だからその、あんまり責めないであげてほしいんだ」

嘘は言ってない。

嘘は言ってないはず。たぶん。

「だからちょっとアレな言動するかもしれないけど、怒らないであげて」

「そ、そういうことだったの……。唯李……なんて優しいの……。デビルどころかエンジェルよ。エンジェル唯李……」

「違う違う、発音はエインジュエル」

「オウ……エインジュエル唯李……」

（ふぅ、危ない危ない、なんとかなったか……）

凛央はすっかり感心したように唯李を見つめて息をつく。

なんとかなだめることに成功した唯李はそっと額を拭うと、「ちょっと休憩しよっか。なんか飲み物持ってくるね」と言って凛央を置いて部屋を出る。

そして一階への階段を降りながら、前回の別れ際、せっかくの言いなりチャンスを「めんどくさい」で流した悠己の顔を思い出す。

（にしても裏で人をデビル扱いとはねぇ……やってくれるじゃない。ふっ、まぁそっちがその気なら、こっちにも考えがあるってもんよ）

エンジェルは一人、にやりと悪い笑みを浮かべた。

デビル唯李の言いなりデート

その日の夜、悠己の下に唯李からラインが来た。

正確にはリビングのテレビで配信動画の映画をダラダラ見ていて、さて寝るかというところで何気なくスマホを手に取り、ラインが来ていることに気づいた。

『凛央ちゃんになんかやったでしょ？』

『なんかやったって何を？』

唯李のメッセージを見てそう返すと、いきなり着信の画面に切り替わった。

急なことに驚いて画面をタッチしたら間違えて切った。すぐにまたかかってきたので今度はしっかり通話のボタンを押す。

「洗脳したでしょ？」

耳に飛び込んできた第一声がこれ。声にとても勢いがある。

「洗脳って何？　そんなのしてないけど。そういえば今日は大丈夫だった？　凛央と遊んだんでしょ？　仲良くなった？」

「もともと仲良しって言ってるでしょ？　ねえとりあえず明日ヒマ？　テストも終わったしヒマだよね。駅まで来て」

この有無を言わさない感じ、唯李にしてはかなり強引だ。

口調からしてなんだか怒っているっぽい。

唯李の言うとおりテストも終わったしで、明日は特にこれといって予定はなかったが、

「明日かぁ……眠いかもなぁ」

「じゃあ寝ろ。今すぐ寝ろ」

「午後からでいい？」

「ん～～……？　じゃあ午後イチね」

用件はなんなのかと尋ねるが、明日会ったときに話すと言ってきかない。

「じゃあいいやおやすみ」と言ってぶつっと電話を切ると、「なんでいきなり切るかな!?」とメッセージで追撃が来たが、キリがないのでさっさと寝ることにする。

「あれ？　さっきの電話ゆいちゃん？　もう切っちゃったの？」

悠己がソファから立ち上がろうとすると、隣でスマホゲームをやっていた瑞奈が不思議そうに尋ねてくる。

「瑞奈がいるからってそんな恥ずかしがらなくていいのに」

「明日ちょっと午後から出かけるから」

「あぁデートね。お盛んですなぁひゅーひゅー」

「いや別にデートってわけじゃないけど」

「じゃあ何よ」

瑞奈がぐりっと首を曲げて疑いの眼差しを向けてくる。

面倒なのでやっぱりデートということにすると、瑞奈は満足そうに頷いたあと、何か思いついたように膝を打って立ち上がった。

「そうだ！　明日みんなでテストお疲れさまパーティーしよう！　ゆいちゃんも一緒に！」

いつもはまったくお疲れでないからか、テストが終わったとしてもそんな言葉は出てこないのだが、今回瑞奈は数学でまさかの九十二点という高得点を取ってしまって、かなり勢いづいている。

「今回のテストはまさかのゆきくんにも勝ってしまったし」

「数学だけでしょ」

テストが返却された日から延々それぱかり繰り返しているが、数学以外は軒並み平均点以下、なんとか赤点は免れるという普段どおりの残念具合。

他を捨てて一点突破したとも取れるが、一点すら突破できていなかったこれまでからするとかなりの進歩と言えよう。実際短い期間でよくやったと思う。

「でもよく頑張ったね。凛央のおかげかな？」

「りお長老により瑞奈の秘められし力が解放されたのだ」

瑞奈はえへん、とうれしそうに胸を張る。

あのあとも瑞奈は凛央と連絡先を交換し、ちょくちょくやりとりをしていたようだ。

悠己を介さずに凛央が直接家に瑞奈の様子を見に来ていたこともあり、そのときも二人して部屋にこもっていた。

「パーティーって言うけどどうやって？　ここで？」

「ふっ、この九十二点の女にすべてお任せあれ。安心して、おデートの邪魔はしませんよ。そのあとでいいから」

そう言いながら瑞奈はゲームを中断して、スマホをいじりだす。

おそらく唯李にもラインを送り始めたか。

「ん～せっかくだからそれとサプライズを……」

「何が？」

悠己が瑞奈のスマホを覗き込むと、瑞奈はぱっとスマホを抱え込むようにして隠した。

何やら企んでいるようだが、厄介なことにならなければいいが……。


そして翌日。

ゆったり遅めに起きた悠己は、朝食兼昼飯を済ませて出かける準備をする。

出がけに「今日用意して待ってるからね」と再度瑞奈に釘をさされ、午後イチに家を出た。

あくびを噛み殺しながら歩いて駅へ。やってきたのは駅前のロータリー広場。

以前デートの待ち合わせをしたのと同じ場所だ。

天気がよいこともあり、あたりにはそれなりに人の影がある。

集合時間は午後一時、という話だったが、時間になっても唯李が現れる気配はなかった。

五分、十分、十五分……と過ぎたところで、催促の電話をしようかとスマホを取り出して操作しだすと、目の前で人影が立ち止まった。

「待たせたな……」

目線を上げると、なぜか唯李が偉そうに腕組みをして立っていた。

スマホをポケットに戻した悠己は、一切リアクションせずに唯李を見返しながら、

「で、何？」

さっさと用件を言え、と促す。

すると唯李は無言で懐から何か取り出し、すっと目の前に差し出してきた。

「これ、使う」

「は？」

何かと思えば、どこかで見たような「いいなり」と雑に書かれた紙きれだ。

全体がしわしわで、ところどころテープで補修してある。

（これは……言いなり券？）

あのとき唯李が破いて丸めて投げてそれきり……だと思っていたが、どうやらそれをあとで

拾って広げてテープで張り直したらしい。

なんとかそこまではわかるとしても、それを悠己に突き出してきて「これ使う」とはいったいどういう了見か。

「……どういうこと？」

「これ使うの。言いなり券」

「いや使うのじゃなくて、それは唯李の言いなり券でしょ？」

「そんなことはどこにも書いてませんけど？」

「いやいやいや」

この女ふざけるときはたいてい意味不明だが、今日は輪をかけて意味不明である。

あくまで冷静に取り合わずにいると、唯李は言いなり券をくるくると細長に丸めて、それをおもむろに鼻の穴に押し込もうとしてくるので腕ごと手でのける。

そのくせ「なんだぁ？　逆らうんかぁ？」となぜか逆ギレ気味に口を尖らせてきて、やたらと機嫌が悪そうである。

とはいえ悠己自身にはこんな扱いをされる覚えはないので、

「昨日電話のときから変だったけど、なんかあったの？」

「なんかあったも何も、悠己くんが変なこと言ったせいで、凛央ちゃん怒り状態で暴れだしちゃってなだめるの大変だったんだからね？　落ち着かせたあとも、延々接待プレイしたんだから。あたしがあとで食べようと思ってたプリンあげたりして」

「それでなんか怒ってるの？」

「まあそれは別にいいんだけど！　ていうか、あたしのことデビルとかなんとかって陰でバカにしてたんでしょ？　凛央ちゃんと二人して。あたしねぇ、そうやって裏でコソコソやられるの嫌いだから。あんまり舐めてるとねぇ、目からビーム出すよ？　ガード不能のやつ」

唯李はクワッと両目を見開いて、ぐっと顔を近づけてくる。

デビルだなんだと言い出したのはたしか凛央だったはずだが、なぜか悠己のせいにされているらしい。

二人が実際どんな話をしたのかは不明だが、おおかたまた凛央が早とちりをかましたのか、唯李の勝手な決めつけですれ違いを起こしたのか。

ひとまずこの場は唯李をなだめようと、悠己は唯李の顔の前で手をかざしながら、

「ごめんごめん、別に唯李をバカにしてたとかそういうわけじゃないんだけど。ただかわいそうだよねって」

「バカにしてるじゃん。どういうことよかわいそうって」

がるるると至近距離で威嚇《いかく》してくる唯李。いつにもましてやたら好戦的だ。

よくよく見ると、普段より目元がくっきりしていて、目の周りを縁取《ふち》るようにかすかに薄く黒いラインが入っている。

いいなり

さらに頭には黒いリボンをくっつけて、黒いブラウスにところどころ赤の模様の入った黒いスカート、黒いニーハイソックス。

唯李の私服はたいてい明るい系の色だが、今日は珍しく暗い色でまとめている。

「今日は雰囲気ちょっと違うね。黒い服珍しい」

「そうよ、今日は小悪魔通り越してもう悪魔なの。わかる？　そんなデビルデビル言うならデビル形態見せてやるよってね」

「それで黒い服？　でもそういう格好もけっこう似合うね、かわいい」

「んふっ」

唯李は一瞬口元をほころばせかけたが、すぐに手で覆って隠した。

すぐにキリっと真顔を作って手を離すと、

「そういうの効かないから。もう鬼の形相よデビルだけに」

「鬼なのか悪魔なのかどっち？　ていうか今、素で笑わなかった？」

「笑ってませんが？　ちょっと鼻から息が抜けただけ」

「それを笑うと言うのでは？」

そう言うと、唯李はべえっと舌を出してすぐに引っ込めた。

そしていきなり握り拳を悠己の肩にべちっと打ち付けてくる。

「これは凛央ちゃんのぶん！」

「痛いな、何すんの」

「言いなり拳。ふっ、言いなり券を甘く見た罰よ」

などと言ったあと、今度は手にした言いなり券でぺちぺちと悠己の頬をはたいてきた。

「言いなり券はもういいって言ったよね？　めんどくさいって言ったよね～？」

「意外と根に持つね」

「反省してる？」

「してるしてる」

「ほんと？　じゃあはい」

そして言いなり券を悠己の顔の前に突き出してきて、最初の流れに戻る。

悠己は盛大にため息をついてみせるが、唯李はじっとこちらを見つめたまま、無言の圧をかけてくる。

「まったくしょうがないなぁ……」

「はい、『しょうがない』いただきました～！」

悪魔のわりにやたらテンションが高い。

しかしまあ、こちらはあくまで優しく見守ってやる立場にいるわけだから、ある程度のわがままには目をつぶるべきだろう。

こうやって相手をしてやることで、多少なりとも唯李のメンタルがよい方向へ向かうのであれば、それもまあいいかと悠己は思い返す。

「で、その券で何をしろって？」

「それはね……今日はデビル唯李の言いなりデート！」

唯李はハイテンションを維持したまま、勢いよくそう言い放つ。

一拍置いたのち、悠己は首をかしげて聞き返した。

「……言いなり券使ってデートしたかったの？　俺と？」

「え？　あっ、ち、違う！　でっ、デートっていうか、何ていうの？　で、デート的な？　デートもどき？　そう！　きたるときに備えた予行演習的な。まあ、要するに君は踏み台よ、ド○よ○ム」

すると唯李は急に慌てふためきながら、ごちゃごちゃとやたら早口であれこれ言う。

しかし相手が自分の言いなりでは、きたるときのデートとやらの練習にはならないと思うのだが突っ込んだら負けなのか。

「だからね、最初からやり直し」

「最初から？」

「あたしが『待った～？』って来たら、そしたら笑顔で『全然待ってないよ』って言って」

「待ったのに待ってないよって言うような関係はいずれ破局するのでは？」

そう返すと、唯李はピタッと固まって一度目線を上に向けた。

そしてにやっと薄気味悪い笑いをして、

「ふふん……それなりに考えてはいるのね」

「なにその笑い、気持ち悪いなぁ」

「じゃあいいよ、とりあえず悠己くんの好きにやってみて」

結局なんなんだよと思ったが、いちいち突っ込んでいてはキリがない。

「ここにいて」と言い残し、悠己から一度距離を取って人混みに紛れた唯李は、再度人の間を縫いながら笑顔で近づいてきた。

「ごめーん待った～？」

「待った。唯李ってなんだかんだで毎回遅れてくるよね。何なの？」

「ここぞとばかりに言うね？　それだと今すぐ破局するけど？」

好きにやれというから、こちらはそのとおり客観的事実を述べただけだ。

さっと真顔になった唯李は額に手を当てて軽く目を閉じると、若干うつむきながら何事か考えだした。

が、すぐにぱっと顔を上げて、

「まあいいや、次行くよ次！」

駅のほうを指さして勝手に歩き出した。

やたらテンションが高いが、結局遅れた理由は語らずじまいだった。

どうせおおかた黒い格好をするのに迷ったとかそんなことだろうが。

「ホラ、突っ立ってないでしゃきしゃき歩かんかい！」

先を行く唯李が振り返ってきてうるさいので、仕方なく隣に追いついて並んで歩く。

「どこ行くの？」

「まずはあそこかな！」

唯李は意気揚々と駅に隣接した大型デパートを指さす。

建物は一等地にあり目立つものの、基本悠己にはあまり用がない場所だ。

「唯李からどこそこ行く！　って言うのは珍しいじゃん」

「今日はデビルだからね。いつもの唯李と思ったら死ぬぜぇ？　死んじまうぞぉ？」

「でもそうやって素直に言ってくれるほうがいいなぁ」

「そ、そう？」

隣から唯李が悠己の顔色を窺うように視線を送ってくる。

またノープラン？　と文句を言われるぐらいならこのほうがずっといい。

「じゃあガンガンいくぜぇ！　いのちだいじにぃ！」

大手を振って声を上げる唯李とともにデパートに入店。

悠己が周囲をきょろきょろとする一方、唯李は勝手知ったる足取りでエスカレーターへ向かう。

おとなしくそれにならって二階、三階と上がっていくと、唯李はエスカレーターを降りた先でぱっと両腕を広げてみせて、

「んじゃまずは、この階で洋服見るよ！」

「じゃ俺、上にある本屋見てるから」

「オイ待て」

悠己がくるりと踵を返すと、はしっと服の裾を掴まれた。

唯李がずいっと威圧感たっぷりに顔を近づけてくる。

「なんでいきなり命令に反してるの？　言いなりはどうした？」

「いやほら……俺別に服欲しくないし」

「何なの？　母ちゃんの買い物に付き合わされるオヤジか？　あたしと一緒に見るの、わかる？　あれ似合いそうだね〜これもかわいいね〜って」

「ああ、それやりたいんだ」

「なにそのしょうもないみたいな言い方」

早口でまくしたてた唯李は、言いなり券を悠己の鼻先に突き出してきて、

「これだよこれ、見えない？　突っ込むぞ？　ん？」

「……そういう使い方？」

なぜか言いなり券を鼻に入れようとしてくる。

突っ込まれてもたまらないので、おとなしく唯李のあとについてテナントとして入っているファッションショップへ。

よく来るのかここでも唯李は慣れた足取りで売り場を徘徊《はいかい》しながら、おもむろに悠己を振り返って言う。

「ん～じゃあね～……あたしってどういうの似合うと思う？」

「人の意見じゃなくて自分で考えれば？」

「そういうことじゃねえんだよなあ……」

すかさず唯李は言いなり券を印籠《いんろう》のようにちらつかせながら、

「唯李はなに着てもかわいいだろうしなぁ～って言え」

「自分で言っててむなしくならない？」

「超楽しい」

「なに着てもってことは全身タイツとかでもかわいいってすごいよね」

「なにを勝手に着せてるわけ？」

グチグチとうるさいので、悠己はとりあえず目についたマネキンの着ている服を指さす。

「これいいんじゃないこれ」

「おっ、ちょうど目の前にいいのあった？　一番近いの適当に言ったわけじゃなくて？」

デビル唯李は意外に鋭い。

唯李は疑いの目を向けつつも、ロゴ付きのTシャツと短めのデニムスカートを穿くマネキンの前でじっと何やら考え込んで、

「う～ん……こういうのは唯李ちゃんっぽくなくない？」

「じゃあ誰ちゃん？」

「誰ちゃん？　ん～……瑞奈ちゃんっぽいかな？」

そう言われてもいまいちピンとこない。

瑞奈はあまり服に頓着しないのか、着れればいいというスタンス。

あまり出かけたがらないのでそもそも服がいらない。

そのくせ人の服装にはケチを付けたりするという面倒なパターン。

「どう思う？」

「ん～……瑞奈はあんまり服買いに行ったりしないからなぁ」

それどころかこの前もパンツが破れたから買って、と言われて悠己が買いに行くわけにもいかず、通販で選ばせて購入したのだ。

「えっ、じゃあ服はどうしてるの？」

「そもそも着てない……じゃなくて、ずっと前に母親が買ってきたやつとか、同じのずっと着てる。あんまり体格変わってないから……あ、でも最近胸がきつくなってきたとかなんとか」

「ふぅん……生意気な」

そう言ってデビルが唇を尖らせる一方で、

(もしかして服を着ないのは服がないからなのかな?)

悠己はふとそんなことを思った。

部屋着もいつも同じものを着回してばかりなのだ。

しかしそれに関して瑞奈のほうからは特に何も言ってこない。

母が選んで買ってくれたものを大事にしたいというのもわかるが、さすがにどれもくたびれてきている。

「じゃあ今度一緒にお買い物誘ってあげようかな。あ、あたしのお下がりとかでよければあげてもいいけど」

「ありがとう。瑞奈のこと、気にしてくれて」

「う、うん……まあ」

面と向かってそう言うと、唯李は髪の襟足《えりあし》を指でいじりながらそっぽを向いた。

かと思えばすぐに正面を向いて見返してきて、くわっと目を見開く。

「ってちがぁう! そんなふうにしたって無駄だから。デビルには効かんよ?」

「何が?」

「リオとは違うのだよリオとは」

結局唯李はぷいっと顔をそむけると、ブツブツ言いながらハンガーラックにかけられたスカートをあさりだす。

やがてそのうちの一つを取り出してきて、裾のあたりをわさわさとやりながら、

「どう？　こういうスカート。ふぁっさーってしてるの。ふぁっさー」

「ふぅん？　いいんじゃないの」

何がいいのかよくわからないがたぶん大丈夫。

「でもその色だとデビルじゃなくなっちゃうね」

「そらもう半デビルよ」

「半チャーハン的な？」

「そらもう半チャハハーンよ。いいから唯李に超似合いそうって言え」

「唯李に超似合いそう」

逆らわずにそう言うと、唯李はさもご満悦そうな笑みを浮かべる。

「ん～そんなに言うなら～。じゃちょっと試着してみるね」

「じゃ俺上の本屋見てるね」

「だから待て」

今度はぐっと強めに腕を掴まれた。

唯李はまたも顔を近づけて凄んでくる。

「……コントか？　わざとやってんのか？」

「いやそういうわけでは……。俺こういう状況よくわからなくて。待ってる間どうすればいい？」

「別に何もしなくていいからおとなしく待ってて？」

「何もしないってそれはそれで……」

「じゃあスクワットでもしてろ」

さすがにデビル唯李はスパルタだ。

唯李はついでに半袖の上着を見繕《つくろ》ってきて、試着室に入ろうとする。

しかしあれこれ手に持っていて、肩にかけたカバンを持て余しているようだったので、

「カバン持っててあげるよ」

「え？　あぁ、ありがと……」

悠己の申し出に唯李は少し驚いたふうだったが、急ににやっと相好を崩して笑いかけてくる。

「いいよ～今のポイント高いよ？　五点あげる」

「このカバンなに入ってるの？　なんか無駄に重いような……」

「はいマイナスひゃくてーん！」

一瞬にして点数を持っていかれた。

「渡したら中見られそうだからやっぱりいい」と言って、唯李は結局カバンを取り返して試着室の床に置く。

おおかたまたしょうもない大喜利《おおぎり》手帳でも入っているのだろう。

「いい？ あたしが『じゃん！』ってカーテン開けたら超褒めるの」

「超褒めるのか……」

「超超褒めてもいいよ」

などと言いながら唯李は試着室に入っていく。

シャっとカーテンを閉めるが、すぐに隙間から顔だけ覗かせて、

「やっぱりどっかいってて」

「は？」

「着替え終わったらラインするから」

謎の命令に「なぜそんな面倒なことを……」という顔で悠己が絶句していると、唯李は若干顔を赤らめながら、

「そ、それは……き、聞こえるじゃない？ 脱ぐ音とか」

「……音？ 細かいこと気にするねデビルのくせに」

「う、うるさいなあもう！」

唯李は「いいから散って、しっし」と手で払う仕草をする。

ここで無駄にやりあっても仕方ないと、悠己は言われるがままに試着室の前を離れた。

特に見るものもなかったのでお店の区画から出ると、悠己は吹き抜けになっている手すりにもたれて、階下のホールをぼんやり眺めながら待つ。

そのときふと、誰かに見られているような視線を感じて振り返るが、通りすがる人の中に見知った顔があるわけでもない。

気のせいか……と思いながら待つこと数分。

スマホにデビルから『いでよわがいいなり眷属！　眷属だけに』とお寒いメッセージが来たので、試着室の前まで戻ってきて声をかける。

「じゃーん！」

勢いよくカーテンを開けた唯李は、春物らしい薄ピンクのスカートと白ブラウスという装いで姿を現した。

それはともかく汚いな……と雑にカゴにぶちこまれたデビル服のほうに気を取られていると、唯李が顔を見つめて「早く褒めろ」と言わんばかりに何やらパチパチと目配せをしてくるので、

「うおっ、すごい」

「褒めるの下手くそか。まあいいわ想定の範囲内だわ。じゃあはい、ここで決めゼリフ『ゆいはかわゆい！』」

「ゆいはかわゆい……？」

「疑問形じゃなくてテンション高く言って」

「ゆいはかわゆい……⁉」

「サスペンス風になってるけど」

唯李は「もっと腹から声だせ」としつこくやり直しを要求してくる。

こんなところでアホなことを口走って白い目で見られるのも嫌なので、ここは話をそらしてごまかす。

「暗いのもいいけど、やっぱり唯李は明るい色が似合うと思うよ」

「ふ、ふ〜ん、そう？　そんなに言うならしょうがないなぁ〜……買おうかな〜」

専門的なことはよくわからないが、褒めろと言われたので褒めてみた。

すると唯李は試着室の鏡を振り返って、改めて自分の立ち姿を確認しながら、しきりにスカートの裾を伸ばしたりして生地を確かめだす。

が、タグを手にとって値札を見ると何やら思案顔になって、

「う〜ん……でも今買っても荷物になるしなぁ。それに春物だからそろそろ値下げになるはず」

「へえ、そうなの？」

「悠己くんに騙されてるかもしれないし」

やはり意外に冷静。

せっかくデビルならもうちょっと荒々しさが必要だと思うのだが余計なお世話か。

そんなことを思っていると、唐突に唯李がぴしっと悠己の顔を指さしてきた。

「はいここで決めゼリフその二『ゆいは頭ゆい！』」

「ゆいは頭ゆい……？　なにそれは……？」

「渋い顔だね。難問に直面した顔してるね」

難問も難問である。

何かの隠語か……？　と悠己は頭をフル稼働させて解釈を試みる。

しかしやっぱりどうでもよくなって投げようとした寸前、ふとある閃きを得ると、一歩近づいて唯李の頭に手を伸ばした。

指先が髪に触れると、唯李ははっと顔色を変えて一歩飛び退く。

「な、な、何よ急に！」

「いやほら、頭かゆいのかと思って」

「頭ゆいだっつってんだろ」

すごい勢いでキレられたが、今のは頭かゆいが正解ではないのか。

「あ、わかった。ゆいはかゆうま的なやつ？」

「誰がゾンビなりかけだよ」

結局真相は謎のまま、服の購入は見送りとなる。

先に店を出た悠己は、再度唯李の着替えタイムを待って店の外で合流する。

「さ～てお次は……」

唯李は周りをきょろきょろとしながらデパートの通路を歩いていく。

特に目的地はなさそうで、なんだかすでにネタ切れ感が漂っている。

しかしものの数分もしないうちに、雑貨屋の店頭に置いてある巨大な熊のぬいぐるみを発見して、唯李はふらふらとそちらに近寄っていく。

「わ、かわいい～……」

唯李が勝手に雑貨屋に吸い込まれていくのを横目に、悠己がまっすぐ先を進むと、

「っておいどこ行く」

素早く戻ってきた唯李に服の袖を引っ張られる。

何やら責めるような口調だが、悠己も負けじと唯李の顔を見返して、

「おいどこ行く？　はこっちのセリフだけど」

「いやそこは後ろからついてきて微笑ましい感じで温かく見守りなよ。なんで隙あらば別行動始めようとするわけ？」

いちいち注文が細かい。

寄りたいなら寄りたいとはっきり言ってくれないとわかりづらい。

しかし今日は一応言いなりということなので、それ以上反論はせず唯李のあとについてお店の中に入っていく。

店内は所狭しと雑貨やおもちゃやお菓子などが、派手なPOP類とともにごちゃごちゃと並んでいる。

悠己は見るのも来るのも初めての場所だ。

すれ違うのも苦労しそうな狭い通路を、唯李は勝手知ったるような足取りで進む。

途中ペンギンだか鳥だかよくわからないぬいぐるみが並んでいるところを、べし、べし、べしと一体ずつ頭を軽く叩いて素通り。

るんるんとやたら上機嫌……なのはいいがこれだと頭がちょっと残念な子に見える。

「頭ゆいってそういうことか……」

「ん～？　今さら褒めても遅いよ～？」

本人的には褒め言葉らしい。相変わらず闇が深い。

外国製の変な人形だのアニメの怪しいオマージュグッズだのにあれこれツッコミを入れながら、唯李は気の向くままに店内を練り歩く。

やがて書籍が少しだけ置いてある一角にやってくると、唯李は目立つように置いてある血液型がどうたら、という本に目を留めて尋ねてきた。

「そういえば悠己くんって何型？」

「汎用《はんよう》人型」

「そういうのいいから。血液型」

「B型」

「B？　へ～、へ～～……」

「……何をニヤニヤしてるの？　気持ち悪いなぁ」

「別に～？」

唯李はにまにまと頬を緩ませて流し目を送ってくる。いったい何がおかしいのか。

悠己が不意に頭パーンしてやりたい衝動に駆られていると、

「ねえねえ、じゃああたし何型だと思う～？」

「さあ？」

「ちょっとは考えろよ。乗ってこいよ」

ご機嫌モードから一転して険悪モードに。ちょっと返答を誤るとすぐこれだ。

仕方なく話に応じて、考えるそぶりをしてみる。

「ん～……AB？」

「違いま～す」

「B？」

「違ーう」

「A？」

「全部外すんじゃねえよ」

そう言い捨てた後、唯李は「はぁ〜〜」と大げさにため息をついてみせて、

「悠己くん、ほんと人見る目ないねぇ〜」

「いや、そんなたかが血液型ぐらいで……」

「こういうの読んでちょっと勉強したほうがいいんじゃないの？　O型女子の取扱い方みたいなの」

「ふっ」

「……何を鼻で笑ってんの？」

唯李は血液型の本を手に取ると、手にとってパラパラとめくって悠己に見せつけてくる。

「O型は……時間にルーズ。おおざっぱ。部屋が汚い……うわすげえ、あたってる」

「うわすげえじゃなくて。あたしの部屋見たことあんの？」

「うるさい。やかましい」

「ただの悪口じゃん。ていうか書いてないでしょそれ」

そうじゃなくていいとこ言えいいとこ、とうるさいので、O型の長所と書かれているところを見て、

「ええと、面倒見がよくサバサバしていて姉御肌、おおらかで協調性があり相手に合わせてあげることができる……やっぱ血液型はあてにならないね。O型っていうのもそもそも唯李の自己申告だし」

「ついに人を疑い出したよこの男」

「ほんとはＡＢとかでしょ？」

「さっきもそうだけどなんでＡＢおすかな？」

「瑞奈がＡＢだから」

「へえ、瑞奈ちゃんがＡＢ……って、そうやってまた人を妹扱いしてくるわけね？　あたしそんな言うほど似てるとは思わないけど」

「ん～……それはまあ、なんだかんだで合うのかなって思って」

そう言うと、唯李はきょとん、とした顔で一度固まった。

かと思えば、急にまばたきが増えて視線を泳がせだして、挙動が怪しくなる。

「そ、そうね～……ま、まああたしも、ＡＢっぽい面もあるかもね。ア○ルトバスター的な？」

「というかそもそも血液型とか別に関係ないと思うけどね」

「ん？　今のくだりなんだった？　時間のムダだよなぁ？」

唯李は勢いよく本を閉じると元の場所に戻し、「ホラ次行くぞ次！」と荒ぶりながら急かしてきた。

そのまま店を出るのかと思いきや、二、三歩行ったところで唯李はすぐに足を止めた。

ネックレスやペンダントが陳列されているショーケースに張り付いて、中を覗きながら感嘆の声を上げる。

「わ〜きれい、なんかいっぱいある〜」

悠己がその背後を素通りしようとすると、唯李がノールックで服の裾を掴んでくる。

仕方なく立ち止まると、唯李は「見てあれかわいくない？」とチェーンの先端に光る石のついたペンダントを指さした。

「唯李はもう石あるでしょ」

「おもちゃもうお家にあるでしょみたいな言い方やめてくれる？」

「そういえば効果はどう？」

「ま、まあ、おかげさまでね〜……」

唯李はショーケース内から目を離さずに言葉を濁らせる。なんだかあまり触れたくなさそうな様子。

やはり一方的にプレゼントだなんだというのは押し付けがましかったか。

「まぁそんな大層なものでもないしね。必要なかったら別に……」

悠己が言いかけると、急に唯李はカバンの中をゴソゴソとやりだした。

そして取り出したるは、それぞれ違う色をした二つのパワーストーン。どちらも以前に悠己があげたものだ。

「あ、それ持ち歩いてくれてるんだ？」

「ま、まあね～……、気休め程度に？」

「へえ、そっか。ちゃんと持っててくれたんだ」

石の乗った手元から視線をずらすと、若干上目遣いの唯李と目が合う。

「……な、何？」

「いやぁ、なんかうれしいなあって」

そう言うと唯李は口元をムズムズさせながら、どこか決まりが悪そうにふいっと顔をそらすと、金運と癒やしの石を一緒に握りしめ、拳をかざしてくる。

「見よこの二つ重ねがけ。メンタルゴールドパワー」

「エナジードリンクみたい。瑞奈と同じようなことやってるし」

「だから一緒にすんなっつうの」

唯李は荒々しく石をカバンに突っ込むと、ごまかすようにすぐ近くにあったサングラスのかかっているラックを指さした。

「あ、あー！　サングラスがある～」

唯李はそのうちの一つを手に取ると、ずいっと悠己の顔の前に突き出してくる。

「ねえねえ、これちょっとかけてみて」

「やだ」

即答するといきなり肩をグーで小突かれた。

「だから痛いって」

「言いなり拳だよ」

そして唯李が「言いなりだろ？」と言わんばかりに顎を持ち上げて見上げてくる。

嫌々ながらもサングラスを受け取って装着すると、唯李は首を傾けて顔を覗き込んできた。

「ぶふーっ！　似合わなーい。あれだね、悠己くんの場合ローアンドローだね。ぶふふっ」

何がそこまでおかしいのか、唯李はケラケラといつまでも笑いが止まらない。

その様子を見ているうちに無意識に伸びた悠己の手が、唯李の頬をつまんで引っ張っていた。

「いだい」

「あ、ごめんつい手が」

慌てて指を離す。

ものすごくつねってやりたくなる顔をしていたので、我慢ができなかった。

一応笑い止んだはいいが、今度はぎゃあぎゃあうるさくなるだろう。

そう思って悠己が待ち構えていると、唯李は意外にもおとなしく、ただほっぺを押さえて不自然に口元を歪めている。

「……何をニヤニヤしてるの？」

「ん？　ん～、別にぃ～？」

「ふぅん？　気持ち悪いなぁ」

「今日それ三度目だぞ貴様。今までスルーしてあげてたけど気持ち悪いってどういうことよ気持ち悪いって」

はて三度目？　と首をかしげる悠己に向かって、唯李が怒涛《どとう》の勢いで詰め寄ってくる。

「自覚なしか？　デート中ちょくちょく気持ち悪い差し込んでくる彼氏いるか？」

「ちゃんと数えてたんだ。すごい、えらい」

「おうよ、デビルの顔も三度までってね」

「デビルなのにずいぶん徳があるね」

やはりこのデビル案外冷静。通常形態より我慢強いすらある。

実際あまり自覚はなかったが、適当に褒めたらわりとごまかせるらしい。

「もういいからちょっと貸して貸して」と唯李はサングラスを悠己から奪い取って自分でかけると、ニヤリと笑いながらシャフトをつまんで角度をつけてみせた。

「ふっ、これが若さか……。見て見てどうこれ？　似合う？」

「調子乗ってる中学生みたい」

「誰がイキリ中学生だよ。じゃあはい、ここで決めゼリフその三！　『ゆいはかっこゆい！』」

「ゆいはかっこわらい」

「ゆいは(笑)ってか！　あーこりゃ一本取られた面白いねー！　よし次行くぞ次！」

唯李はサングラスを外して元の場所に戻すと、べしべしと背中を叩いてくる。強い。

しかし無駄に声が大きいせいか、すれ違った女の子二人組にジロジロ見られた。

デビルだか言いなりだかしらないがこのノリ、さすがにしんどくなってくる。

「ごめん唯李……」

「『ごめんゆい』なんてそんな決めゼリフないよ！」

「これ以上無理」

「『これいじょうむり』なんてのもないよ！」

「ゆいは頭かわゆい（笑）」

「全部言えばいいっていう問題でもないよ！」

非常にうるさい。

悠己がしかめっ面をしてわざとらしく手で両耳を塞いでみせると、唯李は再度取り出した丸めた言いなり券を鼻先に突きつけてきた。

「なんだその顔～？　いくか？　奥までいくか？　口から出すか？　ん～？」

本人いまだテンション落ちず、やたら楽しそうである。

これぞまさしくデビル。

悠己は耳から手を離すと、これみよがしにはぁ、とため息をつく。

「いやなんかもう疲れちゃったよ」

「なにかわいく言っとんねん。こちとらデビルやぞ言いなりやぞ？　疲れたですむんか？　ああん？」

「どこかで休憩しようか。なんかおごるからさ」

「うん休憩休憩」

そう提案すると、唯李は意外にも素直にコクコクと頷く。

お店を出て階を移動し、飲食店が並ぶフロアのほうにやってくると、遠目に十数人ほどの行列ができている。

近づいていくと、「NEWオープン！」とでかでかと書かれて飾り付けられたイーゼルが立っていた。

「タピオカドリンクだって。こんなお店できたんだ。結構並んでるけど、どうする？」

振り返って唯李に尋ねる。

すると唯李は並んでいる列に向かって鼻で笑ってみせて、

「はっ、まったくどこもかしこも流行《はや》りに乗ってタピオカってよ。お前らタピオカ言いたいだけちゃうかと。そんでアホみたいに並びやがって」

「じゃあいらない？」

「いるー超いるー！」

はーいはーいと勢いよく手を上げた唯李は、はしゃぎながら我先に行列の最後尾に加わると、悠己に向かって大きく手招きをした。

サプライズゲスト

凛央が初めて唯李の家に呼ばれて、一緒に遊んだその日の夜。

唯李の部屋にあったお笑いライブのＤＶＤに出ていた芸人を、凛央がスマホの動画でチェックしようとしていたところ、

『明日家でパーティーやるからりおも来て！　ゆいちゃんも来るよ！　りおはサプライズゲストね！』

いきなりそんなラインが瑞奈から送られてきた。

なぜいきなりパーティー？　なぜ唯李が？　といろいろ引っかかりはあったが、明日は特に予定もなくどのみち暇を持て余していたのでオッケーの返信をする。

一応サプライズゲストということなので、悠己や唯李には黙っていてとのこと。

凛央にとってサプライズゲストはもちろん、人の家でパーティーなんてのも初めての経験である。

（パーティーって何するんだろう……？）

期待半分不安半分。

次の日凛央は一人家を出発して、近くのバス停から駅方面へのバスに乗る。

いつも降りる学校前のバス停を素通りして、そのまま駅前へ。

連絡したら家に来て、という瑞奈の話だったが、はりきって早めに自宅を出てしまった凜央は、駅近くで時間をつぶすことにする。

ふと昨日唯李に「今度一緒に洋服でも買いに行こうか」なんて言われたのを思い出して、下見がてら駅隣りのデパートの洋服売り場をしばらくウロウロとした。

するとそのうちに「そろそろ来て！」と瑞奈からラインが届いたので、切り上げて成戸宅へ向かうことにする。

エスカレーターを降りて一階に戻ってくると、少し離れた位置からかすかに聞き覚えのある声がして、何気なくそちらに視線をやった。

（あれは……唯李と成戸くん……？）

黒い服、珍しい格好をしていて別人かと思ったが、やはりあれは唯李で間違いない。

そしてその隣を、いつものらりくらりとした足取りで悠己が歩いている。

凜央はとっさに物陰に身を隠すと、進行方向を変えて二人のあとを追い、やってきた道のりをほとんど逆戻りする。

階を上がって二人が向かったのは洋服売り場。

何やらあれこれ言い争いをしているようだが、唯李はやたら声を張り上げていて楽しそうだ。

二人はしばらく売り場を徘徊したのち、試着室に入った唯李を残したまま、悠己が一人で店の外に出ていく。

凛央もひとまずそのあとをつけて店を出ると、手すりにもたれてぼんやりしている悠己の様子を遠目から窺う。

すると突然悠己が振り返ってあたりを警戒するようなそぶりを見せたので、こちらも素早く身を翻してあさっての方角へ歩き出す。

意外に勘が鋭いのかもしれない。

凛央はそのまま一度トイレに避難すると、念のため持ち歩いていたマスクを装着し、さらにゴムで髪を後ろでまとめて変装をする。

そして再びお店の中に戻ってくると、試着室の中では唯李がくるくると回って、悠己に着替えた服を見せびらかしているようだった。

(なんなのあれ……?　かわゆいとか頭ゆいとか……)

あんなハイテンションな唯李は見たことがない。

凛央がこれまで見たこともない表情……昨日自分と遊んだときとはまったく違った顔を見せている。

(でもすごく楽しそう……)

思えば昨日の唯李の様子もどこかおかしかった。

会話の合間に何の気なしに悠己のことを話題に上げると、「他にあたしのことなんか言ってた？」などとやけに食いついてきたりで、妙に落ち着きがなかったのだ。

「ほらここ見るよ！　こっち！」

そのあともなるべく優しく見守ってあげている……どころか、わがまま放題言っているのは唯李のほうらしかった。

むしろ悠己のほうが調子を合わせてあげているようにも見え、あしらいに慣れているようでもあり、普段から二人はそんな関係だと言われても納得がいく。

そして何より決定的な台詞を、凛央の耳は捉えた。

「こちとらデビルやぞ？　ああん？」

（やっぱりデビルじゃないのよ！　デビル唯李……‼）

一瞬耳を疑ったが、間違いなく唯李はそう言った。

昨日言ったこととやってることがまったく違う。いったいどういうことなのか。

凛央はそのあとも尾行を続け、遠巻きに二人の様子を観察する。

次に向かった雑貨屋でも同様にはしゃいだあと、タピオカミルクティーの行列に並んで飲み物を手にした二人は、奥のフードコーナーの席に移動した。

見失わないよう二人の位置を確認した凛央は、カモフラージュのためフードコートでかけうどんを購入すると、こっそりと二人の背後から接近し、背中を向けて付近の席に腰掛ける。

そしてうどんをすすりながら、二人の会話をこっそり盗み聞く。

「えっ、悠己くん知らないのタピオカチャレンジ。タピオカ鼻から飲むの超流行ってるんだよ？」

「世も末だね。危険じゃないのそれ」

「そうそう、最悪死ぬから」

（なんて恐ろしい会話をしているの……）

まさに悪魔の囁き。デビルズ・トーク。

「ほらほら撮ってあげるからやってみて」

「自分でやりなよ。デビルなんだから余裕でしょ？　デビオカ唯李」

「ん～デビオカ唯李バズっちゃうか～？　ってなるかばか」

（悪魔を退治するどころかのさばらせてるじゃないの！　さっきからうまいこと手なずけて……プリーストどころか、やつこそがデビルマスター……）

いかにして相手の鼻にタピオカを詰めさせるかで押し問答をしている。

果てはストローからタピオカを吹き出してタピオカ鉄砲はどう？　だのと会話自体は小学生レベルのデビルっぷりだが、傍目にはいかにもバカップルがイチャイチャしているようにしか見えない。

（そういうことだったのね……二人ともグルになって、私を陰であざ笑っていたのね……！デビルマスター成戸にデビル唯李……！）

怒りに任せてずるずると最後のうどんを一口にかきこむと、スマホが振動した。瑞奈から着信だ。

とはいえここでうかつに電話に出て二人に気づかれるとよくないので、一度通話拒否にする。

するとすぐさま瑞奈からラインが来た。

『りおどこにいるの？ 早くしないと二人が帰ってきちゃうでしょ！』

どうやら時間切れのようだ。

自分を騙したデビルたちとパーティー……などというのはもうお断りしたかったが、瑞奈との約束を反故《ほご》にするのも気が引ける。

それに何より、瑞奈にもきっちり確認したいことがある。

まだゴチャゴチャとやっている二人を置いて凛央はデパートをあとにすると、歩いて瑞奈の待つマンションへ。

マンションのある通りまでやってくると、ちょうど両手に手荷物をぶら下げた瑞奈が、早足に路地の向かい側から歩いてきた。

帽子を目深にかぶった瑞奈は、そのまま凛央に気づかず素通りしかけたので、声をかけて呼び止める。

すると瑞奈は一度ビクっとして目を剥いたが、やがて凛央に気づくと、

「びっくりしたぁ……なんでマスクして髪縛ってるの？ 変質者みたい」

二人を尾行するときにつけたマスクがそのままだった。それにしても容赦のない物言い。

凛央がマスクを外すと今度は胸元を指さされて、

「なにその変なTシャツ、その上に着てるのもおばさんくさい。服ださっ」

「家に似たようなやつしかなくて……昨日うっかりワンピース洗っちゃったの」

「もう！　ゲスト感ゼロだよ！　それに遅いよりお、何やってたの！」

「あぁ、ごめんなさい。ちょっと……」

「これ、持って持って！」

瑞奈が両手に下げた手提げバッグには、お菓子やらジュースやらがパンパンに入っている。

その片方を持って、凛央は瑞奈とともにマンションの一室にやってきた。

テーブルの上に買い物袋を置くと、早速瑞奈は中をがさがさとやりながら、

「早く準備しないと。りおも手伝って！」

机の上にあれこれお菓子を広げ始めた。

まったく別のことを考えていた凛央は、呆然とそのさまを眺めていたが、やがて瑞奈に向かってゆっくり口を開いた。

「……少し、聞きたいことがあるんだけど。あの二人のこと」

低くぽつりとこぼれた凛央の言葉に、瑞奈は首をかしげる。

「二人って？」

「成戸くんと、唯李のこと。二人がどういう関係なのか、正直に言って」

突然の問いかけに、瑞奈はきょとんとした顔で二度三度目を瞬かせたが、すぐににこっと笑顔を作った。

「うふふ、二人はね～……ラブラブカップルだから！　お似合いでしょ？」

さも当然とばかりの瑞奈の口調に、凛央は開いた口が塞がらない。

やはり当たっていた。あの唯李の顔を見たら、嫌でもそれとわかる。あれはどう見たって恋する乙女だ。

「やっぱりそういうことだったのね、最初っから……！」

「ど、どしたのりお。顔怖いよ？」

よくよく思い返せば、前に偶然二人でいるところを尾行して撮った写真には、はっきりと説明がついていないのだ。

悠己は「たまたま一緒に帰っただけ」と言っていたが、あの時点で、いやもっと前から二人はすでに付き合っていたと考えるのが自然。

つまり二人はずっと前からデキていて、それをなんとか隠そうとありもしない話をでっち上げた、というところだろう。

凛央は心配そうに見上げてくる瑞奈の前で、がくりと首をうなだれ、自嘲気味につぶやく。

「私の前ではそんなこと一言も言ってなかったわ。私にはそのこと、隠したかったのか何なのかしらないけど……きっと私のことを二人して騙してからかって、陰であざ笑っていたのよ」

「なに言ってるの？　ゆきくんとゆいちゃんはそんなことしないよ！」

「どうしてそんなふうに言い切れるの？　私は見たのよ、さんざん騙されたのよ！」

それならそうと、最初から正直に話してくれればよかったのに。

お互い好きあって真面目に付き合っている、というのなら、その仲を茶化したり、ましてや裂くような真似をする気は微塵もない。

結局のところ、唯李と自分はその程度の仲だったということだ。あれこれ話す義理も信頼もない友達未満の、せいぜい知り合い程度。そう思われている。

「隣の席キラーだとか、温かく見守ってあげてるだとか……とっくにくっついてるんじゃないの！　それだったらそうと、なんで……」

「だから違うよ、二人は瑞奈のためにしてくれてるの！」

瑞奈が予想外に強い口調で真っ向から言い返してくる。

驚きにやや勢いをそがれた凛央は、面を上げてじっと瑞奈の目を見た。

「……それは、どういうこと？」

「二人はね、瑞奈のためにニセの恋人してくれてるの」

「ニセの恋人……？　何よそれは……？」

「瑞奈に友達作らせるために、ゆきくんが彼女作るって言って」

瑞奈の口から飛び出た「ニセの恋人」というワードに凛央の頭は混乱する。

少しわかりづらい瑞奈の説明を要約すると、瑞奈が友達を作る代わりに悠己は彼女を、とお互い約束したのだという。

そして悠己の彼女役として、唯李がそれに協力している、という形なのだと。

「そんなこと、初耳だけど……。でもそんな……」

「瑞奈にバレないように、瑞奈以外にはナイショにしてるみたいだから。ゆきくんはあんまりよくわかんないけど……ゆいちゃんは嫌々って感じじゃなくてあれでノリノリだからね。恥ずかしがりなんだよね～ゆいちゃんは」

「で、でも、それって……そもそも、瑞奈はどうして二人がニセの恋人をしてるって知っているの？」

「この前ゆきくんのスマホ勝手に見たらゆいちゃんとのラインに書いてあった。くっくっく……ゆきくんは瑞奈に隠しごとは許されんのだ」

瑞奈は腕を組んでにやりと悪い顔をしてみせる。

ニセの恋人、などという話はにわかには信じがたかったが、しかしこの片手落ち感はあの二人らしいといえばあの二人らしい。

「あ、でも瑞奈が知ってること、二人にはナイショね？　放り投げてあったスマホつい出来心でちらっと見ちゃったら……瑞奈も困ってるの。なんで勝手に人の携帯見たんだよ、って怒られるから、知らないふりしないと……」

瑞奈が一転、困り顔で念を押してくる。それなりに罪悪感はあるらしい。

予期せぬ話を告げられた凛央は、愕然とその場に立ちつくす。

「そ、そんな……。ということは、デビルは私だったというの……?」

「でびる?」

デビルどころか、何も知らない愚かな道化。ただのピエロ。

瑞奈に友達がいない。

自分はそんなことだって知らなかったのだ。いや気づかなかった。

たとえ嘘だろうとごまかしだろうと、瑞奈のためを思っての二人の行動を、そんな自分が責めることができるだろうか。

頭の中が混乱して考えがまとまらないでいると、不思議そうに見上げてくる瑞奈の顔に気づく。

慌てて微笑を作った凛央は、その頭に手を触れて、柔らかい口調で言った。

「……友達がいないのは、辛いわよね。そうよね……」

けれども瑞奈は、まるでそんなそぶりを見せなかった。少なくとも凛央の前では。

それがどうしても他人事には思えなくて、だんだんと目頭が熱くなる。

「まだ友達、できてないけど……大丈夫。ゆきくんは忙しくても、なんだかんだでかまってくれるし」

瑞奈が凛央に向かってにこりと微笑む。

時たまふざけることはあれど、瑞奈は最後の最後で悠己のテスト勉強の邪魔はしなかった。代わりに見張るぐらいのつもりで凛央が勉強を見ることはしたが、瑞奈は半ば自主的に机に向かっていて、もともと何かのきっかけを探しているようでもあった。

「ゆいちゃんはからかうと面白いし……瑞奈はね、ゆきくんもだけど、ゆいちゃんのことも大好きだから。この前だって、瑞奈が泣いちゃってね。そしたらゆいちゃんが瑞奈のこと笑わせようとしてくれたの。変なネタ帳みたいなの持ってて、でもちょーつまんなくてね……」

そのときのことを思い出しているのか、瑞奈はうれしそうにとりとめもなく話を続ける。

そうだった。唯李が……よりによってあの唯李が、人を騙して、陰でせせら笑うような真似をするわけがないのだ。

それは、凛央自身よくわかっているはずだったのに。

（そうよ、だって唯李は……一人でムスッとしていた私を……）

「今日から悪口禁止週間を始めます。誰かの悪口を言っている人を見つけたら、先生に言うこと」

それがいつだったかはっきり記憶に定かではないが、小学生の時分、ある日担任の教師が朝のホームルームで突然そんなことを言いだした。

誰かの悪口を言う者がいれば、先生に報告をする。報告された者は、みんなの前で悪口を言った相手に謝罪をさせられる。

今思い返せば他にもっとやりようがあるのでは、という疑問もわくが、当時の凛央は疑いなく教師の言葉を受け入れてそれに従った。

もともと正義感の強い性質だった。それはかつて中学の教員をしていた母の影響か。

男子女子の見境なく、あちこちわざわざ首を突っ込んでは、ちょっとした悪口も取り上げて密告をした。

うしろめたい気持ちなんてまったくなかった。それどころか、正義を果たした気でいた。

教師に褒められる一方で、周囲からは疎まれ始めていることにも気づかなかった。

いつしかそれがエスカレートしたのだと思う。

きっかけは、クラスの男子がお菓子をこっそり持ってきて食べていた、だとかそんなささいなことだった。

その子が誰かの悪口を言ったわけではなかった。

むしろ悪口を言うような子ではなく、クラスのムードメーカー的な存在。

そもそも、そのときには悪口禁止週間はもうとっくの前に終わっていた。

それを頭ごなしに注意して、告げ口した。


――勘違い正義女マジうぜーよ。


実はお菓子を持ってきたのはその子ではなかっただとか、友達にそそのかされて食べさせられたとか、凛央が教師に告げた内容とは違う別の事情があとになって出てきた。

お菓子を食べていた、というのも凛央が直接見たわけではなく、当時一緒だった友達グループの女子から又聞きしただけ。

その子は問題が持ち上がったとたんに、自分は関係ない、そんなことは言ってないと口をつぐんだ。

気に入らない男子を陥れようとして、彼女が嘘をついたのではないかという疑念もあった。

結局誰が本当のことを言って、誰が嘘をついていたのか、真実はわからなかった。

残ったのは、凛央に対する悪評だけ。勘違い正義女というレッテル。

孤立するのも時間の問題だった。気づけば凛央の周りからは人がいなくなっていた。それどころか陰口を叩かれだす始末。

それでも凛央は逃げることはせず、真っ向から話し合いを求めた。

――なんであんな上から目線なの？

――偉そうに。調子乗っててマジうぜえ。

自分が間違っているのなら謝罪する。相手が間違っているのなら謝罪させる。

そうして話をするように正面から促しても、茶化されるばかりでもはや取り合ってはもらえなかった。

それどころかあいつはまったく懲りていないと、凜央に対し悪態をつく声が、露骨に耳につくようになった。

自分は間違ったことはしてないつもりだった。

正しいルールがあるならそれを守らせる。従わせる。

だけど、黒のものでも白、白のものでも黒、ときにはそう言うことが必要。

頭ではわかっていたが、それでも自分を曲げることはしたくなかった。いや、できなかった。

ここで迎合したら、自分がしてきた行為を、すべて自分で否定してしまう気がした。

だからたとえ陰で何を言われても、自分はもともとそういう性格だから。

意地を通すために、半ばそう自分に言い聞かせていたのかもしれない。

凜央は早くに悟った。それには覚悟が必要だと。一人でもやっていく覚悟が。

周りになんと言われようと、自分を貫き通す強い覚悟が。

その点凛央は強かった。優れていた。

勉強や運動でつまずくことはなく、常に好成績をキープし、教師からの覚えもいい。

陰口こそあれど、面と向かって敵対してくるような相手はいなかった。

一人だってなんとかなってしまうことがわかってからは、より一層孤立が強まった。

うまくできずに頑張っている子がいる横で、さらりとこなす。

ときおり見てられなくなって、手を差し伸べたりもしたけども、そういう行動が上から目線で鼻につく、とすぐ悪評になる。悪循環。

自分は親切にしてあげたつもりでも、露骨に嫌な顔をされたりすることもあった。

何をしても自分は嫌われる人間なのだ。

そう割り切って、あきらめて、もうすっかり慣れていた。

ずっと一人だって、自分は大丈夫だってわかって。

これからも、そのつもりだったのに。


——花城さん、よろしくね！　や〜隣が女の子だと気が楽だな〜。

——凛央先生お願いします！　お願い！　次はちゃんとやってきますから！

——今日はもう完璧ですよこれ、どやぁ〜。……えっ？　ここ違う？　あぁん、もう凛央ちやんあたしとボディチェンジしようボディチェンジ！

毎日毎日、隣で声をかけてきて、笑いかけてきて。

いくら邪険にしても、まったく懲りもせずに、しつこく、うっとうしいぐらいに。

だけど、本当はうれしかった。そのとき、改めて気づいた。

まだそういう気持ちが、自分の中にあったのだと。

いくら除《の》け者扱いされて、一人になって孤立しようとも、私は強いから、大丈夫。

自分ではそう思っていたつもりでも、その実ずっと、深いところまで棘が刺さっているのだと思った。

彼女のことで取り乱して自分を見失って、冷静に周りが見えなくなってしまうぐらいには。


「——なにおうちゃんゆいのぶんざいで！　って言ってやったの。そしたら………ねえりお？　聞いてる？」

「あ……うん、聞いてるわ」

「もう、どしたのさっきからぼうっとして！　とにかく絶対ナイショだからね？　瑞奈にバレてるってわかったら、ニセ恋人やめちゃうかもしれないし。瑞奈はね、二人が本当に恋人同士になってくれたらいいなぁって思ってるの。なんとかくっつけてあげようと思ってるんだけどね～」

でもなかなかうまくいかないんだよね、と瑞奈は無邪気に笑う。

屈託のない笑顔を向けられて、まるで胸を射すくめられたように体がこわばり、息が詰まる。

そんな事情もつゆ知らず、二人の仲を勝手に曲解して、邪魔をした。

ここでもまた自分の、勘違い……勝手な思い込みで、あれこれと横槍を入れて……迷惑以外の何物でもない。

いつもそうだ。あのときから自分は、何も変わってない。

知らなかったこととは言え、唯李を信じられていなかったのは自分のほうなのだ。

(私のせいで……)

うれしそうに唯李のことを話す瑞奈。

彼女はここでも優しくて、愛されていて……もともと自分のような人間が釣り合うわけがないのだ。関わりあいになるような人種ではない。

席替えをしてたまたま隣の席になった。接点はそれだけ。だから偶然以外の何物でもない。

うまく周囲と調和する彼女にひきかえ、自分は他者との接触を避け、上っ面の正義を振りかざすだけ。

それはただ弱さを覆い隠すための、借り物の強さ。

だからそれが通じなくなったとき、何も言えなくなって、ただ黙ることしかできない。

そんな薄っぺらい人間だということは、とっくに見透かされている。周りからバカにされて笑われるのも当然。

結局こうなる運命なのだ。

唯李のおかげで……唯李のせいで。そんな当たり前のことを忘れかけていた。

やっぱり間違いだったのだ。彼女の……唯李の優しさに舞い上がって勘違いした、勝手な思い上がり。

(どうしたって、私は……)

ただの邪魔者。どこまで行っても嫌われ者。

それなら邪魔者は邪魔者で、嫌われ者は嫌われ者のままで。

正義面した、ただの勘違い女は、もうこれ以上一緒にはいられない。一緒にいてはいけない。

なぜならこんな調子では、いずれ……。

——ほんと邪魔。マジウザい。

その言葉を、唯李の口からだけは、どうしても聞きたくなかった。

そんなことになるぐらいなら、目を閉じて、耳を塞いで、一人でいるほうがずっといい。

何も難しいことはない、簡単なことだ。

ただ元に戻るだけなのだ。彼女と出会う前の自分に。

あとはそれをはっきりと、面と向かって告げればいいだけ。

「それより早く準備準備！」と瑞奈は再び買い物袋をガサゴソとあさりだす。

そしてその中の一つ、取り出したお菓子の箱を手にして、ふと手を止めた。

「あっ、しまった！　きのこしか買ってこなかった……。これじゃ戦争できない……。ちょっとまた行って買ってくるから、りおは準備して待ってて！」

瑞奈はそう釘を刺すと、立ちつくす凛央を残し、バタバタと慌ただしく部屋を出ていった。

隣の席キラー唯李

フードコートの席で飲み物をお互い空にして、休憩終わり。

さて次はデビルが何を要求してくるのかと思っていると、唯李が急に「瑞奈ちゃん一人だとかわいそうだもんね」と言い出したので、結局そのままデパートをあとにした。

唯李もすでにパーティの話を瑞奈から聞いていたらしく、「サプライズってなんだろうね？」と振られたが、悠己も具体的な話は何も聞いてない。

段取りもグダグダっぽいので、おそらく一緒に準備させられるのだろうと覚悟しながら、唯李とともに自宅に戻ってくる。

家にいるときもちゃんと閉めて、といつも言っているのに、扉は鍵がかかっていなかった。

玄関口に普段履きしている瑞奈の靴が見当たらず、一瞬開けっ放しで出かけたのかと思ったが、代わりに見慣れないスニーカーが行儀よく置いてあって悠己はいよいよ首をかしげる。

不審に思いながら、悠己は唯李より一足先にリビングへ入っていく。

西日の差し始めた部屋の中はやたらと静かだった。

部屋を見渡すのにわずかに遅れて、ダイニングテーブルの椅子に腰掛けた影に目が留まった。

堂々とした佇まいだったが、妙なことにまるで存在感がなかった。

人影は何も言わずゆっくり立ち上がって、こちらを向き直った。

「あれっ、凛央ちゃん?」

すぐ背後で驚く唯李の声がすると、凛央はテーブルの上に目線を落として言った。

「瑞奈に呼ばれたの」

やけに平坦な口調だった。

テーブルの上には、器にあけられたお菓子や、箱をきれいに切り取ったお菓子が見栄えよく広げられており、脇に大きなペットボトルのジュースが二本とグラスが三つ、並んでいる。

おそらく凛央が用意したのだろう、瑞奈にはできそうにない芸当だ。

唯李はそれを見て「わっ、すごい!」と声を上げるが、すぐに何か思い出したかのようにわざとらしく首をかしげながら、悠己の顔を覗き込んできた。

「あ、あれれ~? でも凛央ちゃん、瑞奈ちゃんとも知り合いだったんだ?」

「そうそう、勉強とか見てもらってて」

「へ、へ~……知らなかったなぁ。ていうか家に来たことあったんだ~?」

「そうだけど。ん? なんか不満?」

「いや別に?」

というわりに若干表情が硬いのは気のせいか。

悠己は再度部屋の中を見渡すと、どこかぼうっと宙を見つめたままの凛央に尋ねる。

「それで瑞奈は？」

「……ちょっと買い忘れたものがあるからって、出かけたわ」

これだけあって何を忘れたというのかわからないが、どうせまた変なおふざけをするつもりだろう。

それでもこのおかしな状況の謎が解けたのもあって、悠己は軽く胸をなでおろす。

「ん～でもサプライズってなんなんだろうなぁ？　どっちにしろ瑞奈ちゃん待ちかぁ……。なんか準備は完璧に終わってるっぽいし……どうしよっかな。じゃあちょっと肩慣らしでもするかぁ」

そう言いながら唯李はテレビがある奥のほうへ歩いていくと、その手前のソファにカバンを下ろし、中からゲームのコントローラーを取り出した。

「ここで会ったが百年目……今日こそリベンジ」

デートにゲームのコントローラーを持ってくる女。

最初からやる気満点だったらしい。たしかにカバンの中身はあまり他人に見せないほうがいいだろう。

唯李は一人でブツブツ言いながら、勝手知ったる調子でテレビをつけてゲームを始めた。

あれどうする？　という意味を込めて、悠己は凛央に目配せをする。

だがやはり凛央は、じっとテーブルの上を見つめて立ちつくすだけだった。いよいよ少し様子がおかしい。

もしやまたお腹でも痛いのかと顔色を窺うように覗き込むと、凛央は急に目線を上げて、まっすぐに悠己の目を見つめてきた。

「……ちょっといい？　ちょうどいい機会だから、話があるんだけど」

強めの語気でそう切り出した凛央は、悠己の返事を待たずにその先を続けた。

「成戸くんと、唯李の話が嚙み合わないの。二人の話に辻褄が合わなくて……いったいどういうことなのかなって」

「話って？」

「要するに私のこと、気に入らないんでしょ？　二人とも適当なことを言って私のことを煙に巻いて……そういうことなんでしょ？　それなら邪魔だって、はっきり言ってくれていい」

有無を言わせぬ一方的な物言い。

突然のことに悠己はやや面食らいつつも、凛央から目をそらすことなく聞き返す。

「いや俺は全然そんなつもりないけど……急にどうしたの？」

「別にどうもしないわ。ただ、忘れてたことを思い出しただけ」

そう言い切った凛央の顔はいつにもまして、いやこれまで見たことがないほどに表情が失せていた。

淡々と、事務的に……感情の伴わない声で、言葉を紡いでいく。

「だから、もういいわ。お望み通り邪魔者は退散するから。これで余計な面倒事がなくなって、よかったわね」

「ええと、よくわからないけど……俺が何かしちゃったのならごめん」

「違う、そうじゃなくて。謝ればいいっていう問題じゃないのよ」

悠己がなだめようとするも、凛央は取り合おうとしなかった。

言わんとすることがまったく要領を得ないまま、一度お互い沈黙になる。

室内にはゲームの音と、唯李がコントローラーを激しく連打する音だけが響く。

唯李はよほどゲームに熱中しているのか、テレビに向き合う姿勢を崩さなかった。

かたや凛央も唯李を顧みるそぶりはなく、ただ悠己に向かって話を続ける。

「君も見たでしょ？　周りからバカにされて嫌われて……私はそういう人間だから」

「いや俺は……凛央のことそんなふうには思わないけど。一人で努力して、なんでもかんでもできるし、すごいと思う」

「……そうよ、私は強いから、一人でなんだってできるから、一人のほうが楽なの。君みたいに考えもなしにただフラフラしてるひとりぼっちとは違うの。もう、あそこにも来ないでくれる？　迷惑だから。私の見つけた場所だから。私一人の場所だから」

冷たい声だった。初めて会ったとき、いやそれよりもずっと。

一切の反論も許さぬ強い語気は、唯李のことで弱気になっていた彼女とは、まるで別の人間のようだった。

今度もまた何か思い違いをしているのではないかと疑うが、相手の一挙一動すら封じるような威圧的な態度は、余計な質問を発する隙すら与えてくれない。

完全に対話を拒否するその姿勢に、とっさに返す言葉が浮かばないでいると、凜央はキッチンのほうへ目をやって、

「じゃあ私、帰るわ。冷蔵庫に瑞奈の買ってきたケーキが入ってるから」

「ちょっと待って、一緒にパーティーするんじゃ……」

「冗談言わないで。私なんかがいたら、パーティーだってぶち壊しでしょ?」

凜央はそこで初めて薄く笑うと、明後日のほうを向いたまま吐き捨てるように言った。

「今日も二人で仲良くお出かけしてきたんでしょ? ならもう私のことはいいじゃない。お似合いよ、隣の席キラーと能天気な鈍感男」

凜央は唯李のいるリビング奥へ一瞥をくれたが、すぐに踵を返した。

「………さよなら」

背を向けた凜央が、小さくそうつぶやいたのが聞こえた。

玄関口へ歩き出すその後ろ姿に手を伸ばしかけて、悠己は二の足を踏む。

もしここで何か下手なことでも言おうものなら、これまでの何もかもを吹き飛ばすような、それこそ完全に修復不可能な事態に陥る……一触即発の気配を彼女の背中に感じた。

私は強いから。一人で何だってできるから、一人のほうがいい。

そう彼女が拒絶するなら、悠己に引き止める術はないと思った。言葉を持たなかった。

だけどそれは、本当に……。

「凜央ちゃん！」

そのとき、まるでその場の空気を切り裂くような鋭い声がして、ぴたりと凜央の歩みが止まった。

叫んだのは唯李だった。

ソファから立ち上がった唯李は、脇目も振らず大股にやってくると、凜央の正面に回り込んで立ちふさがった。

「凜央ちゃん」

唯李はまっすぐ凜央を見つめて、もう一度名前を呼んだ。

けれども凜央はうつむいて、唯李の顔を見ようとはしなかった。

その胸元に向かって、唯李は手に持っていたゲームコントローラーを差し出した。

「はいこれ。今日はあたしが勝つまで帰さないからね」

唯李は微動だにしない凜央の手を取って、無理やりにコントローラーを握らせようとする。

しかし凜央は頑なに受け取ろうとはせず、目線を床に落としたまま言った。

「私、もう帰るから。成戸くんには今言ったけど、私は……」

「凛央ちゃんの話、聞いてたよ。なんか、変なこと言ってるなぁって」

「へ、変なことって……何よその言い方は！」

凛央が唯李の腕を押し返すと、コントローラーが床に落ちて無機質な音がした。

先ほどまで色の失せていた声に感情が戻った。

凛央はここで初めて唯李の顔を見据えると、強い口調で言った。

「私の話、そんなにわからない？　もう邪魔しないから、私のことも放っておいてって言ってるの」

「なにそれ、凛央ちゃんそんなこと言って逃げるつもり？　もしかして、あたしに負けるのが怖いのかな？」

「なっ、何を……。またそうやって……ふざけないで！」

声を荒らげた凛央は強く唇を噛みしめ、きっと唯李を睨みつけた。

「わ、私……やっぱり唯李のこと……き、嫌いよ！　本当は、ずっと前から苦手で……嫌だったの！　隣の席だったときから……！」

振り絞るように出した凛央の声は震えていた。

あれほど冷静で、氷のように冷たかった表情が、嘘のように揺れていた。

非難を口にしているのは凛央のはずだったが、追い詰められているのは彼女のようにも思えた。

何も言わずじっと見返してくる唯李の視線から逃れるように、凛央は大きく首を振ってうつむいた。

「私は、一人が好き、だから……本当はずっと、面倒だって、思ってたのよ！　表向き、仲の良いふりをしてきたけども！　だからもう、私に関わらないで！　話しかけてこないで！」

ぎゅっと目を閉じて、両手のひらを握りしめて、凛央は大きく叫んだ。

それでも唯李は身じろぎもせず、まっすぐ凛央を見て言った。

「じゃあダメだね、なおさら」

「な、何がよっ⁉」

「あたし、超負けず嫌いだから」

「な、何よそれは……だから何だって言うのよ⁉」

「だって、あたしは――」

唯李は目線を落とし、わずかに言いよどんだ。

すかさず凛央は眉根を寄せて、鋭くその顔を睨みつけた。

すぐに顔を上げた唯李は、真っ向からその視線を見つめ返して、言った。

「――あたしは、隣の席キラーだから」

い、い、い、い、い、

はっと、凛央の瞳が見開かれる。

その瞳に向かって、唯李は力強く語りかけるように口を開いた。

「隣の席になった相手は一人残らず惚れさせるの。これまでだってずっとそうしてきたんだから、凛央ちゃんだけあたしのこと嫌いとか、そんなふうには言わせない。だから凛央ちゃんのことも絶対逃がさない。もう完全に落として、あたしのこと大大大好きにさせる。それまでずっと付きまとうから。このまま勝ち逃げしようったってそうはいかないよ」

はっきりとそう、言い放つ。

呆然と唯李の言葉を聞いていた凛央は、我に返ったように唇を震わせ、声を上げた。

「こ、この前は違うって……隣の席キラーなんて知らないって、言ってたじゃないの！　嘘つき！」

「隣の席キラーは相手を落とすためなら、どんな嘘だってつくから。手段は選ばないんだよ」

「なっ、何よそれ！　わ、私は！　前から言ってるでしょ⁉　嘘つきは嫌いだって！」

「ふふっ、凛央ちゃんやっぱりなかなかの強敵だなぁ。それでこそ落としがいがあるね」

激しい反駁《はんばく》ものともせずに、唯李は頬を緩ませて笑いかけた。

不意に笑顔を向けられて完全に言葉を失った凛央は、じっとその場に立ちつくしたまま唯李の顔を見つめていたが、やがて口からかすれた音を漏らした。

「唯李……」

凛央はぐにゃりと歪みかけた口元を、手で覆って抑えつけた。

同時に膝から崩れ落ちるようにして、その場にうずくまった。

「どうして、そこまでして……」

伏せたまぶたから涙がこぼれた。凛央は泣いていた。

それでもなお繰り返し首を左右に振って、必死に否定の意を示す。

「だって……だって、違うのよ！　私には、そんな資格なんて……！　ただの偶然なのよ！　唯李の……唯李の隣の席になったのだって！」

「凛央ちゃん変なこと言うなぁ。ただの偶然って、友達になるのも最初はそういうものでしょ？　凛央ちゃんは、運悪く偶然隣の席キラーの隣になっちゃったんだから、もうあきらめて」

面を伏せた凛央は、必死に押し留めていたものを爆発させるように、大きく肩を上下させ嗚《お》咽《えつ》を漏らしだした。

唯李はその傍らにしゃがみこんで凛央の背中に手を添えると、今度は優しい口調で囁きかけるように言った。

「ごめんね、凛央ちゃん。あたしってほら、ハーレム苦手っていうか、フラグ管理とかそういうの得意じゃないから、周り見えなくなっちゃうときあるし……。だから、凛央ちゃんが一人でご飯食べてたりしてることとか知らなくて……今も、なんで凛央ちゃんが怒ってるのかよくわかってなくて」

「違うの、怒ってるんじゃないの！　最初から全部、私が悪いの！　全部、私のせいだから

「……」

「凛央ちゃんだけが悪いなんて、絶対そんなことないよ。そんなふうに言わないで」

「違うの、私が悪いの！ もともと、私が……先生に褒められたくて、告げ口して……勝手に勘違いしたせいで！ 本当は……何が正しくて悪いかなんて、どうでもよかったの！ ただ褒められたくて……本当の嘘つきは私なの！ だから私は、自分が嫌いなの！」

凛央は面を伏せると、とうとう声を上げて泣きじゃくりだした。

普段の凛央からは、到底考えられないような取り乱しようだった。

いよいよ話が見えなくなったのか、唯李も当惑した顔で固まってしまう。

今度は頭で考えることはしなかった。

それよりも前に、条件反射に悠己の体は動いていた。

悠己は凛央のすぐそばにかがみこむと、ほとんど無意識に腕を伸ばして、凛央の頭を優しく撫でつけていた。

「大丈夫、俺は凛央のことすごいって十分わかってるから。なんていうか、そんなに片意地を張って無理することないんじゃないかな。瑞奈のことだって見てくれて……そういえば俺、テストのこともちゃんとお礼言ってなかった。ありがとう」

「違うの、そういうんじゃないの、私はっ……」

凛央は子供のように頭を振っていやいやをする。

その仕草に、いつか見たような妹の姿が呼び起こされる。

「でもやっぱり素直に口に出して言ってあげないと。そうじゃないと、わからないだろうからさ」

ちゃんと言ってくれないと、わからない。

それはこの前、悠己自身が瑞奈に言われたことでもあった。

かつて妹にそうしていたときのように微笑みかけてやると、凛央はすがるような眼差しでじっと見つめ返してくる。

「そうよ、素直じゃないから、嫌われるの。本当は私は強くなんてない。どうしようもなく弱くて、弱いから……ずっと逃げ続けて、一人でも大丈夫って、言い聞かせてきて……自分を正当化することしか、できなかったんだから。でも、やっぱり一人は……一人は、嫌なの……」

「そっか」

悠己は頷いて、ただ優しく頭を撫でつけ続ける。

そうしているうちに、荒くなっていた凛央の呼吸が徐々に徐々に落ち着いてきた。

凛央はやがておそるおそる顔を上げると、泣きはらした目で悠己をまっすぐに見据えてくる。

「私……さっきあれだけひどいこと言ったのに……怒ってないの？」

「別に怒らないよ。また勢いで変な誤解してるのかなって思ってたから。それにひねくれてる子は慣れてるしね」

ちら、と視線を唯李のほうへやると、きょとんとした顔が返ってくる。

「それにそんな弱い弱いって……ほら、凛央は隣の席ブレイカーなんだから、そんなことないよ。名前からして強そうでしょ」

「それは……。だからそれは、なんなのよ……」

「普段は怖い顔だけども、ここぞで笑顔で相手を形無しにする。それが隣の席ブレイカー。そのギャップが強力なんだって」

そう言って笑いかけると、凛央の目元から険が取れて、涙で濡れた瞳が薄く光った。

そのままお互い見つめ合っていると、いきなり横あいから唯李が体を入れてきて、勢いよくポジションを奪われる。

さらに唯李は悠己の手をのけて、凛央の頭を撫で始めて、

「そうだよ凛央ちゃん、笑顔だよ笑顔。凛央ちゃん笑ったら超かわいい萌えキャラなんだから、だからそのなに？　隣の席……ブレイク？　ギガ◯リル隣の席ブレイクだよ」

「違う、隣の席ブレイカーだって」

すかさず悠己は訂正を入れるが、お前は黙ってろとばかりに唯李に手で押しのけられる。

「凛央ちゃん、素直に何でも言って。そうしないとわからないことだってあるし……あたしそれで怒ったり嫌いになったりしないから」

さらに若干台詞をパクられた。

それでも凛央はまるで救いを得たように、唯李へ向かってとつとつと語りだす。

「……唯李が好きって言ったもの、こっそり勉強してもぜんぜん気づいてくれないし……。私のほうが詳しくなると知ったかしたり『なんかあれもう冷めちゃったなぁ』とか言い出すし……」

「そうだったんだ……ごめんね」

「ドタキャンするけど怒ってないよね？　っていう感じで卑怯《ひきょう》なやり方するし……ちょいちょいしょうもない嘘つくし……。小学生レベルのつまらないギャグドヤ顔でゴリ押ししてくるし……」

「そうだったんだね……凛央ちゃんの気持ち、わかったよ」

「体を触ってくる手つきが妙にいやらしいし……変な目で足とか見たりしてくるし……言動がおっさんくさいときあるし……あとゲーム超下手」

「うん、わかった、もうわかったよ」

凛央はまだまだ止まりそうになかったが、唯李が無理やり肩を抱いて終わりにしようとするので、横から注意してやる。

「唯李、ちゃんと最後まで聞いてあげなよ」

「鬼か貴様オーバーキル促すな」

睨まれた。地味に効いていたらしい。

「もしかして唯李怒ってる？　嫌いになった？」

「何が〜？　そのぐらいで怒るわけないでしょ」

唯李は笑いながら口ではそう言うが、どうも少し機嫌を損ねているっぽい。若干頬が引きつっている。

するとまた凛央が心配そうな顔をしだしたので、唯李は雲行きが怪しくなるのを感じ取ったのか、

「あっ、違う違う凛央ちゃん今のはね、その、お約束みたいな？　し、しょうがないなぁ、ではここで一発わたくしめが……」

そう言って立ち上がると、一度逃げるようにソファのあるほうへ近づいて、カバンの中をゴソゴソとやりだした。

「待って、それはもういいよ」

「えっ」

おそらく大喜利手帳を取り出そうとしていた唯李を先んじて止める。

「なぜに？」という顔で唯李が固まった矢先、荒々しくドアが開閉する音がして、どたどたと騒がしい足音がリビングに駆け込んできた。

「あれっ、二人とももう帰ってきちゃったの!?」

そう言って現れるなりすっとんきょうな声を上げたのは瑞奈だった。

瑞奈はぐるりと見渡すように悠己を見て、唯李を見て、そしてうずくまる凛央を見た。

「あっ、ゆいちゃんとりおが修羅場に！」

何を思ったか瑞奈は突然そう叫ぶと、手にしていたバッグを床に置いて、中からお菓子の箱を取り出す。

「ゆいちゃんはきのこっぽいからこれ。りおはこっち」

そして異なるお菓子の箱をそれぞれ無理やり二人に手渡した。

瑞奈は箱を持たされて首をかしげている二人の間に立つと、大きく両腕を振ってクロスさせて、

「ファイっ‼」

「やめなさい」

悠己はぺしっと頭を小突いて瑞奈を横にのける。

すると瑞奈はぶーぶーと口を尖らせながらつっかかってきた。

「あーわかった。ゆきくんがりお泣かしたんだ」

「違う違う。ていうかそれは何、そのいっぱい入ってるのは」

「これ当たるまで回してたら遅くなっちゃった」

バッグの中にはお菓子の他に、ガチャガチャの丸いプラスチックの容器がいくつもゴロゴロと入っている。

瑞奈はその中の一つを取り上げて、

「りお見てこれ！　けつ顎パンダ！　元気ですかーー⁉」

小さい動物のフィギュアを、凛央の目の前で見せびらかしていく。

凛央が慌てて涙を拭ってそれに応えようとすると、瑞奈は間近で凛央の顔を覗き込んで、

「りおどうかしたの？　じゃあ瑞奈がおもしろギャグ言って笑わせるから！」

まさかのお役目を奪われる唯李。

ちらりと様子を窺うと、当の唯李は腕を組んで何やらふんぞり返っている。

「ふっ、ここは弟子に譲ってやるとするか」

「ゆいちゃんはけつ顎だけど水虫で切れ痔《じ》！」

「それただの悪口じゃん！　違うもっとこう、凛央ちゃんを元気づける感じで！」

「ちゃんゆいは切れ痔だけどけつ顎で水虫！」

「入れ替えただけでしょそれ！　もういいお主は破門じゃ！」

「ふっ、わが師はもともとお長老である！　ちゃんゆいなぞ成長値マイナス補正もいいとこ！」

などと言い合いをすると、二人してぎゃあぎゃあともみ合いへしあいを始めた。

そのうちに唯李の顔面を押しのけながら瑞奈が、

「でもなぁ、ゆきくん、りおともいい感じだからなぁ～～」

「な、何が⁉」

「でもりおは友達だもんね。ゆきくん言ってたし」

「友達？」

初めて凛央が家に来たときに悠己が言ったことを覚えていたらしい。

するとなぜか唯李が俄然勢いづいて、

「友達……そっかそっか。そうだよね！　友達だよね、うんうん！」

「ほら、りおもいつまでも泣いてないで、早くパーティ始めよ！」

瑞奈が凛央の腕を引っ張って立たせる。

瑞奈の前でも泣いているわけにはいかなかったのか、凛央は気恥ずかしそうに笑って立ち上がった。

その様子を見ていた唯李が、「この前は自分が泣いてたくせにね」と言ってこっそり笑いかけてきたので、悠己もそれに頷いて一緒に笑った。

「はいまたゆいちゃんの負け！　ほらたけのこ喰らえ喰らえ！」

「あぁ、たけのこもおいしい……たけのこサイドに堕《お》ちるぅ……」

ゲームで負けるたび、無理やり口にお菓子を押し込まれる唯李。

三人で対戦だなんだとやっていたが、一名だけ見るも無残にボッコボコにされ、唯李は完全にいじけていた。

そして最後にはたけのこ面に落ちた。

やがて瑞奈が眠くなったのか、一人すやすやとしてしまったので、そろそろお開きとなる。

瑞奈だけ家に置いて、悠己は暗くなった路地を唯李と凛央と三人で連れ立って、最寄りのバス停まで歩いていく。

誰もいないバス停に到着して、バスが来るのを三人で待っている間も、まだ唯李がゲームで負けたことをぶつくさ言っている。

「しかし紙一重だったんだけどね〜どれもこれも」

「あれだけやってて全然進歩してないってどういうことなの」

「見てるだけの人には言われたくないですねぇ」

唯李はここぞとやけにつっかかってくる。

すかさず横合いから凛央が口を出してきて、

「ちょっと、やめなさい二人ともケンカは」

「ケンカ？　ケンカにすらなってないよね。争いは同じレベルの者同士でしか生まれないってね」

「唯李のレベルが低すぎてね」

「ん？　やんのか？」

「だからやめなさいっていうの」

凛央が間に立ちふさがって仲裁してきた。

こうなると唯李も引かざるを得ないのか一度引き下がったが、やはり「む〜」と悠己を睨んでくる。

「ふふ」

「何を笑っとんじゃい」

「いや、この前は唯李が凛央に『ケンカはダメだよ』って言ってたのになって」

「だからこれケンカじゃないから。マウンティングだから」

すると脇で見ていた凛央が不意に唯李の手を取って、悠己の手を取って、それを無理やりつなぎ合わせた。

「ほら二人とも、仲良くするのよ」

「ちょ、ちょっと凛央ちゃん?」

凛央は悠己たちの手の上に、自分の手を覆いかぶせるようにして押さえつける。

唯李が変な声を出して慌てふためいているところに、ちょうどバスが滑り込んできた。

「じゃあね。手はそのままね」

凛央は手を離すと、そう念を押してバスに乗り込んだ。

ドアが閉まる間際、振り返って手を上げた凛央は、満足そうな笑みを浮かべていた。

遠ざかっていくバスを見送りながら、悠己と唯李は無言のまま停留所に立ちつくす。

やがて完全にバスの姿が見えなくなると、お互い顔を見合わせ、どちらからともなく握った手を離した。

「行こうか」

頷く唯李とともに、その足で今度は彼女を送るべく駅へ向かって歩き出す。

「……はあ、なんかどっと疲れた」

歩き始めてすぐ、唯李はため息交じりにそんなことを口にした。

言うとおり疲れたのだろう。妙にケンカ腰だった先ほどまでとは別人のようにおとなしくなった。

それきり唯李はただの一言もなく、悠己と肩を並べて黙々と歩き続ける。

だけでなく、どこか元気がなさそうにすら見えたので、少し気になって声をかける。

「疲れた？」

「さすがにね」

「さっきまでうるさいぐらいにはしゃいでたのにね」

すぐに言い返してくると思ったが、返ってきたのは沈黙だった。

少し間があったあと、唯李は前を向いたままぽつりとこぼすように言った。

「……まあさっきまでのもほら、周りに合わせるっていうか、唯李七変化よ七変化。あたしそういうのもできるから。でももう疲れて変身も解けちゃったかな。ＭＰ足りない」

「へえ、さすが名女優唯李」

「それやっぱりバカにしてるように聞こえるんだよね」

今度はすぐそう突き返してきたが、やはり語気が弱い。

表情もいたって真面目で、ふざけているようには聞こえなかった。

またしても沈黙になったあと、唯李は前を向いたまま、まるで独り言のように口を開いた。

「だから気遣ってさっきも、わざとゲーム負けてあげたりしてるわけ」

「ええ？　嘘でしょそれは」

「いやあのね、いくらなんでもそこまでひどくないからね言っとくけど。そもそもあたし、もとからたけのこ派だし」

唯李はいやに真剣なトーンで言う。

そんなバカな、と思わず顔を見てしまうが、唯李はにこりともせず視線を宙にさまよわせた。

「こういうときは立ち位置決めたほうが楽だから……って言ってもおバカないじられ役だけど。瑞奈ちゃんも楽しそうだったし、やっぱりこの前のを見ちゃうとね……でもすごく元気になったみたいでよかった。それどころか、瑞奈ちゃんに助けられた感もあるしね。まぁ凜央ちゃんにあそこまでボロクソ言われるとは思わなかったけど……それで気が済んで笑ってくれるなら、あたしはぜんっぜんオッケー」

そう言って唯李はわずかに口元を緩ませた。

しかしすぐに目線を歩道の上に落とし、表情を硬くする。

「……友達から嫌われるなんて、あたしだって嫌だよ。あたしの場合はそうならないように、無意識にバカやってご機嫌取ろうとしちゃうっていうか……正直言うと、あたしだって怖かったんだよ？　凜央ちゃんなんで怒ってるかわからなかったし……ヤバイあたしなんかしちゃったかなって、なんて言って引き止めたらいいかわかんなくて頭真っ白で……もしかしてあれのことかな？　いやあれかな？　って。で結局これたぶん全部だなって、いろいろ積もり積もって」

唯李はそこで一度言葉を詰まらせた。

そして「あたしなんか一人でずっとしゃべってるね」と苦笑するので、悠己は相槌を挟んでやる。

「唯李は友達いっぱいだから、一人一人は結構いい加減なのかと思ったけど、いろいろ難しいこと考えてるんだなぁって。俺ほとんど友達いないからさ、そういう気遣いとかできないしわからないし、すごく尊敬する」

「別に、そんないっぱいってわけでもないよ。ふつーよふつー。それに全然うまくやれてないし、今回だって。はぁ、やっぱダメだなぁ～～あたし」

唯李は空を見上げて、大きくため息をつく。珍しくへこんでいるようだった。

ついさっきまでみんなで遊んでいたときの、やかましく怒ったり笑ったりしていた姿は見る影もない。

「……今だから言うけど、あたしこの前のときもすごく怖かったんだよ？　瑞奈ちゃんが帰ってこなくて、あたし一人で部屋で待ってて、どうしようどうしようって。瑞奈ちゃんが泣いちゃったときも、あそこであたしなんかが下手に口出して、わかったふうな口利くなよってなったらどうしようって……あたしだって泣いちゃいそうだった。でも、なんとかしなきゃって思って……」

そこまで言うと唯李は口を閉ざして、押し黙った。

横顔を盗み見ると、いつしか唯李は今にも泣き出しそうな顔をしていた。

「唯李……」

気づけば悠己は歩くのをやめて、立ち止まっていた。

自分は知らずに、彼女に負担を強いてしまっていたのではないだろうか。

唯李は……唯李なら大丈夫。なぜ、そう思い込んでしまっていたのか。

「ごめん、俺……」

そのあとの言葉が、何も出てこなかった。

落ち込んだ彼女を励まして、元気づけるような、格好いい台詞。

考えてもいなかったことが、とっさにすらすらと出てくるほど器用な頭をしていない。

絞り出した謝罪の言葉はそれすら彼女の耳には届かなかったのか、唯李はただ立ちつくす悠己を置いて、一人先を歩いていく。

一歩、二歩、三歩……と歩みを続ける唯李との距離がしだいに開いていくにつれ、それが急にとてつもなく遠い隔たりのように思えて、もう足が動かなくなるような錯覚がした。

情けない自分を置いて、彼女はこのまま一人立ち去ってしまうのではないか。

そんな予感が一瞬頭をかすめた矢先、唯李はぴたりと立ち止まった。

そしてくるりと振り返ると、とん、とん、と軽く飛び跳ねるように近づいてきて、悠己の目の前に立った。

唯李は何も言わずに腕を持ち上げて伸ばすと、手のひらを悠己の頭に触れさせ、優しく撫で付けながら、目の前でくすっと笑った。

「もう、悠己くんまで泣くのやめてよね。お兄ちゃんだから、泣いたりしないんでしょ」

――悠己はもうお兄ちゃんなんだから。瑞奈の前でも、そうやって泣いてちゃダメよ。

まだ瑞奈が生まれて間もない頃。

そう声をかけながら頭を撫でてくれた母の手は温かくて、優しくて、元気が出た。

何かきっと不思議な力があるのだと思った。

だから瑞奈をなだめるときも、そうやって真似をした。

その力が母の半分でも、いや十分の一でも、伝わればいいと思って。

そんなことを今ふと、思い出した。忘れていた優しい手の感触。

だけど、母は母であって、唯李は唯李。もうどこにもいない、まったく別の存在。とんだ思い違いも甚だしい。

それに今は自分も、何もできない小さな子供ではないのだ。これ以上彼女に負担を……頼るような真似をしてはならない。

悠己は顔を上げて、まっすぐに唯李の瞳を見つめた。

今彼女にかけるべき言葉が、やっと見つかった。

「唯李……」

そうして悠己が口を開こうとしたそのとき。

頭に触れていた唯李の手が、ぱっと素早く離れた。

「なーんて、言ってみちゃったりしてね！」

うってかわって突き抜けて明るい声が響く。

軽く腰をかがめた唯李は上目遣いに悠己を見て、

「さっきのもウソウソ、全部ジョーダン！　唯李ちゃん強キャラだからよゆーですよゆー！　ちゃんゆいは伊達じゃない！　それより見たかどーだ、頭なでなでやり返してやったぜ！　あれぇあれぇ～どしたの悠己くんそんな顔して！　健気に頑張る唯李ちゃんにドキっとしちゃったかな？　頭撫でられて落ちた？　惚れた？」

お得意のからかい笑いを作って、下から顔を覗き込んでくる。

さらに立てた人差し指を、顔の目の前でくるくると回すという新技つき。

またしてもやられた。

はっと我に返る感覚がして、すぐに体が脱力しかけたが……それでもどこか安堵している自分がいることに気づく。

それを悟られないよう、悠己は大きく息を吐いて肩をすくめてみせた。

「なんだ嘘か。あやうく騙されるところだった」

「きれいに決まったな～痛恨のクリティカルなでなで入ったわこれ～。一発で棺桶入りさせたったわ～」

んふふふ、と唯李はさもご満悦の表情。笑いが止まらないらしい。

かたやこちらは怒るのを通り越して呆れるのを通り越して、もはや返す言葉もなかった。

だけど、唯李が楽しそうに笑っている。

それだけで、もう他のことは何でもいいかという気もした。

「この完璧な流れ！　自分が怖い！　それにしてもさっきの悠己くんの顔！　くすくす、写真撮りたかったなぁ～ねえねえ今どんな気持ち？　どんな気持ち？」

唯李はにやにやしながら左右に体を揺らして、角度を変えながら顔を見上げてくる。

これには早くも前言撤回したくなる。しつこい。

「たは～もう返す言葉もなくなっちゃったか～。ザ○ラル？　ザ○ラルする？」

「いやぁでも俺、ちょっと唯李のこと誤解してたかもしれない」

「え？」

「だからなんていうかその……隣の席キラーも、そう悪くはないのかもって」

過程はどうあれ、結果はいいほうに転がった。思い返せばそれは瑞奈のときだってそうだ。

だから隣の席キラーを頭ごなしに悪と決めつけるのではなく、それも彼女の一面として、認めてあげるべきなのかもしれない。

悠己がそう言うと、唯李は急に姿勢を正して真顔になった。

「いや……ていうかあの、隣の席キラーって……嘘だからね？」

「……ん？　いやさっき凛央にも『あたしは隣の席キラーだから』って言ってたよね？」

「いやいやあれはただの方便っていうか……あの凛央ちゃんですらちゃんと理解してるよ？　あんただけだよわかってないの」

「どういうこと？　じゃあさっきのは全部茶番だったってこと？」

「茶番言うな」

　唯李は当然のごとく否定するが、となるといろいろと辻褄が合わない。

「じゃあ仮に本当に隣の席キラーじゃないとしたら、今のはなんだったの？　それと今までの思わせぶりなのはいったい何？」

「隣の席キラーやぞ。絶対殺したるからな」

　そして一瞬にしてこの手のひら返し。

　悠己が唖然とするも、唯李は挑戦的な顔で見上げてきて、それきり何も言おうとしない。

　それならばと悠己のほうから、向こうの思惑を突きつけてやる。

「つまり……あの場で凛央を完全に落としきるために、一時的に偽の隣の席キラーを装った真の隣の席キラー……そしてその流れでついでに俺のことも……ってことか。なるほどわかったそういう……俺じゃなかったら見逃しちゃうね」

　唯李はすぐさま何か言いかけたが、すんでのところでキュッと口を結んで閉じた。

　そして無言のまま恨めしげに睨みをきかせてくるので、悠己はおもむろに手を伸ばしてその頭を撫でてやる。

「でも大丈夫大丈夫、別にそれで怒ったりしないから」

　はっとした唯李はみるみるうちに顔を赤くしたかと思うと、どういうつもりか負けじと腕を伸ばして、悠己の頭を撫で返してきた。

「悠己くんはもう、ほんっとにしょうがないでちゅねぇ～！」

するとお互い頭を撫で合うという謎の状況になるが、唯李は一歩も引く気配がない。

それどころかわしわしと撫でる手にだいぶ力が入っている。

しまいには悠己の頭をべしべしとやると、唯李はべえっと舌を出して大きく一歩後ろに距離を取った。

「あ～凛央ちゃんも完全に落としたったわ。また勝ってしまった……敗北を知りたい……。悠己くんも早く泣いて敗北宣言しなよほらほら」

「これはひどい。もうほんと泣けてくる」

「ふはは、こちとら天下無敵の隣の席キラー様ぞ？　ひれ伏せひれ伏せ」

腰に手を当ててふんぞり返りながら、高笑いをする唯李。

妙にしおらしかったさっきの態度はいったいどこへやらだ。

（まったくもう……）

七変化どころか十も二十も、百面相すらありそうで本当に捉えどころがない。

その中のどれが本物かって……仮に唯李の心の中を覗けたとして、すぐに答えが出てくるかなんて怪しいものだ。

（天下無敵の隣の席キラー、ねえ……。どうだか）

彼女の言葉の何が嘘で、何が本当か。

答えは案外単純で……やっぱりそうでないかもしれない。

だけどどのみち、そんなことはささいな問題だと思った。

なぜなら今このときに、唯李が心の底から、笑顔でいてさえくれれば、もうそれで……。

（まぁ、とりあえずは……）

ごちゃごちゃになった思考を追い出すように息を吐いて、前を向く。

いつの間にか先に立った唯李が、こちらを振り返って急かしてきた。

「ホラ、ぼさっとしてないで早く行くよ！」

道路を流れる車のライトが、逆光に彼女の姿を浮かび上がらせる。

唯李は手招きをするように大きく腕を振りながら、「早く早く！」と笑ってみせた。

悠己はその顔に向かって一度頷きを返すと、あとを追ってゆっくり歩き出した。

◆　◇

「机の引き出しの奥に隠したできの悪いテスト、お母さんに見つかってたわよ。お母さんすごく怒ってたけど……まったく、のび太くんみたいなことしてるんじゃないわよ」

後日。

もはや小細工なしに正面から部屋に乗り込んできた真希が、開口一番にそう言った。

突然のことに目を剥いた唯李は、手にした漫画を放って真希の胸元に食らいついていく。

「え、ええっ、勝手にあたしの部屋入って漁ったの!?」

「唯李お小遣い減らすって。ゲームも一日一時間」

「なっ、なんで!?」

「なんでって、逆になんで? 反論の余地ないでしょ」

(ぐう、大悪魔の手先め……真のデビルはここに……!)

この凶悪さ、デビル唯李なぞまるで子供のお遊びのようだ。

しかし今回やらかした一番の原因は、ゲームにのめり込んだことではない。

悠己と凛央が裏でなにやら仲良くしてそうなのが気になって、勉強がほとんど手につかなかったのだ。

いざ机に向かってもまったく集中できず、そのもやもやをゲームで晴らしていた部分はたしかにあったが、もとを正せば全部悠己が悪い。つまりあいつのせい。

だがそんな事情を姉に正直に話したらまさに格好の燃料投下、末代までの恥である。

こういうときこそ親友である凛央の出番だ。

唯李は真希をとっとと部屋から追い出すと、すぐにスマホを手にとって凛央にコールする。

ワンコール鳴り止まないうちに凛央は電話に出た。

「聞いてよ凛央ちゃん！　ひどいんだよ！　勝手に人の部屋に入って……」

「唯李。友達として、素直に忠告するけど……今回のテストは、はっきり言って唯李の自業自得よ。あれだけわかりやすいノートを用意してあげたのに」

「そ、そっか、そうだよね……ごめんね、せっかくノート用意してくれたのに」

「だいたい今回のテストは全体的にそれほど難しくもなくて……」

なぐさめてもらうはずがお説教が始まってしまった。

逆に平謝りをさせられるハメになった唯李は、やっとのことで話を落ち着けて電話を切った。

「まったくマジレスとか頭固いんだよなぁ。そういうとこ、そういうとこなんだよなぁ。これだからリーオーは……」

スマホをいじりながら、電話帳の悠己の名前のところで手を止める。

この間はついつい余計なことを口走ってしまって、その場の空気が悪くなりかけたので慌ててごまかしたが、そのせいでさらに深みにハマってしまった感がある。

きっとアホだから向こうは気づいていない。

（でも案外、弱っている感じを見せていけば今度こそいけるんじゃ？　なんだかんだで優しいし……）

などと思った唯李は、そのまま勢いに任せて悠己に電話をかけた。

こっちはなかなか出なかったが、嫌って言うほど鳴らしてやったらやっと出た。

「……もしもし？」

「ぐすん、あのね悠己くん……聞いて？」

「隣の席キラーは敵」

唯李はすぐさま電話を切った。

（頭固いどころの話じゃねえコイツ……）

「ちくしょう、ちくしょうっ……絶対、ぜったい落としてやるぅっ！」

その夜、隣の席キラーは枕を濡らした。

書き下ろし番外編　隣の席ブレイカー

四時限目の授業が終わって、昼休みになる。

教室内が騒がしくなるとすぐに、凛央の隣の席の男子のもとへ男子生徒が一人足早に近づいてきて、声をかけた。

「早く飯食ってあっちでやろうぜ」

「おい、あんまりでかい声で言うなって。聞こえるぞ」

「きゃ～やだ、先生にチクらないでね～！」

隣でケラケラと笑う声がするも、凛央は目もくれずに机の上の教科書類を片付け、スマホを取り出して通話アプリを立ち上げた。

『明日のお昼一緒に食べない？』のメッセージに対し、『おっけー！　今度はあたしが迎えに行くね』の返信がついている。

それを見て口元を緩ませた凛央は、スマホをしまうと勢いよく席を立ち上がった。

そして机の横のカバンに手を伸ばそうとすると、ちょうど隣の男子とバッチリ目が合う。

「何だよ？」

男子二人が揃って、凛央を警戒するような目線を向けてくる。

机の傍らに立つ男子の手には、麻雀の牌が印刷されたカードの束が握られていた。

「それ……」

凛央が口を開きかけたそのとき、廊下から教室の中に向かって手を振っている唯李の姿が視界の隅に入った。

凛央はぱっとそちらへ顔を上げると、笑顔で手を振り返す。

自分でも驚くほど自然に笑えた。もう以前のようなぎこちなさはなかった。

今行くね、とアイコンタクトをして視線を戻すと、呆然とした顔で凛央を見つめたままの二人に気づく。

まるで石像のように固まってしまって動かないので、凛央はなんだかおかしくなって、またくすっと吹き出して尋ねる。

「何？」

「いや、別に……」

すると今度は二人とも視線を外して口ごもるばかりで、一向に要領を得ないので、

「それ、先生に見つかったら取り上げられるわよ」

カードを持った男子の手を指さしながら言うだけ言うと、凛央はすぐさまお弁当の入ったランチバッグをカバンから取り出して席を離れ、教室前の廊下で唯李と合流する。

「来てたなら入ってきて声かけてくれればいいのに」

「ん～、凛央ちゃんをちょっと観察してたから」

「なによそれ、変なの」

「なにしゃべってるのかな～って思って。でもさっきの男子たちタジタジだったよ。さっすが隣の席ブレイカー」

　唯李が凛央の肩をぽんぽんと叩きながら、冗談めかして笑う。

（隣の席ブレイカー……か）

　そんなことを幾度となく口にしていた彼の顔がふと頭をよぎる。

　唯李が隣の席キラーなら自分は、隣の席ブレイカー。

　案外悪くない響きだ。そんなふうに思って、またひとりでに口元が緩む。

　それから唯李と一緒に一階まで降りてくると、途中ジュースの自販機に立ち寄った。

　凛央が小銭を入れて、ほぼノータイムで選んだ飲み物を取り出すと、唯李が苦い顔になって指さしながら、

「うぇっ、凛央ちゃんそれ……」

「何？　おいしいのよ。成戸くんも好きって言ってたし」

「へ、へぇ～？　そ、それっていつ？」

「ん～いつだったかな？」

　そんな会話をしつつ、二人で校舎の外に出る。

　そこからは、いつも一人でたどっていたのと同じ道のり。

　以前はどれだけ重かったであろう目的地への足取りは、今やすっかり軽くなっていた。

　二人でとりとめのない会話をしながら、校舎裏側の奥まった秘密の場所へとやってくる。

　唯李をここに誘うのは今日で二度目。

　前回初めてのときこそ驚いていたが、唯李ももう慣れたもので、到着するなり我先にコンクリートの出っ張りの部分に腰掛ける。

　隣り合って座ると、それぞれ持参したお弁当を取り出して、膝の上に広げた。

　するとすかさず唯李が覗き込んできて、

「あ、そのからあげトレードトレード」

「じゃ私はその卵焼き」

　ご機嫌でおかずを互いに交換する。

　そしていざ食べ始めようとすると、足音がしてのそりと人影が現れた。

　購買の袋を手にぶら下げた悠己が、凛央たちの視線の先で立ち止まる。

「あれっ、なんで悠己くんが……」

「私が呼んだの」

「えっ、あたし聞いてないけど！」

　唯李が声を上げると、悠己はどこか居づらそうに手で頭をかいた。

悠己にも唯李が来ることは伝えていない。凛央の独断だ。

「じゃあいいよ、かわいそうだからほら。悠己くんここ座りなよ」

「いや、隣の席キラーの隣はちょっと……」

「ん～？　なんだって？」


――あたしは、隣の席キラーだから。


あのとき唯李は自分を呼び止めて、嘘をついた。

それは人を陥れようとするものでも、自己の保身を図るものでもなくて。

とても不器用な嘘つき。

この子はきっと、今までもこうやってずっと損を取ってきたのだろう。

彼に対する好意は今となっては明白で、傍で見ているととてもわかりやすい。

だからこそ、それは違うと今すぐにでも声高に告げてやりたくなる。

できることならその本当の気持ちを、嘘偽りなく代弁して、彼に伝えてあげたい。

それでも、彼女が自分を想って選んでくれた言葉を、壊したくはないから。

そう、自分は隣の席キラーに完膚なきまでに惚れ落とされた、敗北者なのだから。

敗者はただ黙して、潔く。

次なる挑戦者に、希望を託すのみ。

「ふふ、隣の席キラー……返り討ちにしてやりなさい」

隣に座った悠己の耳元にそう囁くと、不思議そうな顔が返ってきた。

すかさず微笑みを向けると、彼は少し驚いたように目を見張ったあと、かすかに口元を緩めた。

「ちょっ、凛央ちゃん、今なんか言ったでしょ!? あ〜怪しいんだよなぁ〜！ そこなんかやっぱ怪しい！」

「唯李、食べるときは静かにしなよ」

「貴様はDA・MA・RE☆」

ずっと静かだったこの場所が、戦場と化してとたんに賑やかになる。

まだまだ先の見えない隣の席キラーとの戦い。

それがいつまで続くのか、どんな結末を迎えるのか、まったく見当がつかないけども。

今はただこうして、不器用な二人の行く末を。

ゆっくり見守っていてあげたいと思う。

悠己と唯李の物語が、マンガでも読める！
こうしよっか♡
泣かないで
メデ
メデ
※◎＃$%△!?
ぽん
カァアーアアッ

隣の席に座る男子を惚れさせる
〝ゲーム〟をしている
…違うか？
隣の席になった美少女が惚《ほ》れさせようとからかってくるがいつの間にか返り討ちにしていた
漫画
宮古蜂
原作
荒三水
キャラクター原案
さばみぞれ
がうがうモンスターで好評連載中！
https://futabanet.jp/monster

隣《となり》の席《せき》になった美少女《びしょうじょ》が惚《ほ》れさせようとからかってくるがいつの間《ま》にか返《かえ》り討《う》ちにしていた②

2020年7月1日　第1刷発行

著者　荒《あれ》三《さん》水《ずい》

発行者　島野浩二

発行所　株式会社双葉社
〒162-8540
東京都新宿区東五軒町3-28
電話　03-5261-4818(営業)
　　　03-5261-4851(編集)
http://www.futabasha.co.jp
(双葉社の書籍・コミック・ムックが買えます)

印刷・製本所　三晃印刷株式会社

フォーマットデザイン　ムシカゴグラフィクス

落丁・乱丁の場合は送料双葉社負担でお取り替えいたします。「製作部」あてにお送りください。
ただし、古書店で購入したものについてはお取り替えできません。
[電話]03-5261-4822(製作部)

定価はカバーに表示してあります。

ISBN978-4-575-75269-4　C0193
Printed in Japan

Mあ05-02